AF204443

Cornelie Marian wurde am 25. Juli 1962 in der Nähe von Heidelberg geboren. Sie lebt und arbeitet mit ihrem Mann und ihrem Sohn in dem schönen Neckartal. Ein Unfall veränderte ihren Blickwinkel auf das Leben. Sie machte sich auf die Suche nach dem Sinn des Lebens. Den Sinn des Lebens erkennen wir in der Begegnung mit anderen Menschen. Wir brauchen Zuneigung, Anerkennung und Wertschätzung. Aber das wichtigste ist die Liebe.

Es ist mit der Liebe wie mit Pflanzen:

Wer Liebe ernten will, muss Liebe sähen

Jeremias Gotthelf

Das erste Buch der Autorin „**Der Sinn des Lebens ist es, Menschen zu begegnen**" ist im R.G. Fischer Verlag erschienen.
ISBN 978-3-8301-1702-5. Auch als eBook erhältlich.

Cornelie Marian

Wer Liebe ernten will, muss Liebe säen

Kurzgeschichten

www.tredition.de

© 2016 Cornelie Marian

Verlag: tredition GmbH, Hamburg

ISBN
Paperback: 978-3-7345-3977-0
Hardcover: 978-3-7345-3978-7
e-Book: 978-3-7345-3979-4

Printed in Germany

Inhaltsverzeichnis

Für meine C´s in Liebe

Ach Papa.....

Simona rannte so schnell sie konnte die Treppe hoch. Da! Die Station E 2, die rote Tür! Während sie durch den endlos scheinenden weißen Flur rannte suchte sie das Zimmer mit der Nummer 556.

Endlich war sie da. Sie stoppte vor dem Zimmer und atmete noch einmal tief ein. Sie hatte Angst vor dem was sie da drin erwartete. Dann öffnete sie die Tür. Es war das Sterbezimmer ihres Vaters.

Als sie eintrat sah sie ihre Mutter tränenüberströmt am Bett ihres Vaters sitzen. „Mama! Ich bin da" sagte sie leise. Ihre Mutter drehte sich um und schüttelte den Kopf. „Es war vor ungefähr fünf Minuten!" Simona wurde es schwarz vor Augen sie musste sich am Bett festhalten. Langsam drang es zu ihr durch. Er war schon gegangen. Er hatte nicht auf sie gewartet.

Ganz friedlich und mit einem Lächeln lag er da. Das Gesicht war fast faltenfrei und man sah welch ein schöner Mann er einmal war. Die 85 Jahre und seine Schmerzen waren aus dem Gesicht gewichen. Simona setzte sich zu ihrer Mutter und nahm sie in den Arm. „Es war so viel Verkehr, ich konnte nicht schneller kommen." Ihre Mutter schaute sie traurig an. „Ach mein Schatz es tut mir so leid, dass du dich nicht mehr verabschieden konntest. Dein Papa hat in der letzten Stunde auch gar nichts mehr mitbekommen." Jetzt weinte sie wieder. Simona wollte ihre Mutter gerne trösten aber wie?

„Sieh mal wie friedlich er jetzt aussieht. Er hat keine Schmerzen mehr und er lächelt. Hast du das gesehen?" Ihre Mutter nickte. „Ja, das war kein Leben mehr für ihn. Er hat in seinem langen Leben so viel einstecken müssen. Aber nicht mehr gebraucht zu werden. Das hat er nicht verkraftet." Simona stand auf und öffnete das Fenster.

Damit die Seele hinausfliegen kann. Sie schaute zum Himmel hoch. Es war ein klarer Tag und am Himmel waren keine Wolken. Sie dachte „Gute Reise Papa. Kannst du meine Gedanken lesen? Es tut mir leid, dass ich zu spät gekommen bin." Aber tief drinnen kam ihr die Erkenntnis, dass es ihr nicht leid tat zu spät gekommen zu sein. Wenn sie ehrlich war, dann hat ihr Unterbewusstsein vielleicht dafür gesorgt, dass sie nicht auch noch zum Schluss von ihm enttäuscht worden war. Was hatte sie erwartet? Dass er sie anschauen und das erste Mal in ihrem Leben sagen würde „Ich liebe dich mein Schatz oder ich bin stolz auf dich." Ja das hätte sie wohl erwartet, das hätte sie sich so sehr gewünscht. Aber wenn er in der letzten Stunde gar nichts mehr mitbekommen hat? Dann war es so am Besten.

Sie war so in Gedanken versunken, dass sie nicht hörte was ihre Mutter sagte. „Simona!" Jetzt reagierte sie und schaute ihre Mutter an. „Kannst du die Kerze bitte anzünden." Sie zeigte auf eine weiße Kerze auf dem Nachttisch. „Das war seine Kommunionkerze. Er hat sie gehütet wie einen Augapfel. Es war das Einzige was er damals bei der Flucht aus Ungarn mitnehmen durfte. Sie war in seinen Kleidern eingewickelt. Als wir geheiratet hatten musste ich ihm versprechen sie anzuzünden wenn er eines Tages sterben sollte." Simona betrachtete die schlichte Kerze. Außer einem kleinen goldenen Kreuz war nichts auf der weißen Oberseite zu sehen. Dann zündete sie die Kerze an. Die Flamme hatte etwas beruhigendes, etwas tröstliches. Ihre Mutter sah es auch, denn sie lächelte kurz. Dann sagte sie zu ihm „Wir haben deinen letzten Wunsch erfüllt Josef. Die Kerze ist wunderschön." Und zu Simone sagte sie „Weißt du, er sagte immer, wenn die Kerze an meinem Totenbett abgebrannt ist dann kannst du gehen Marianne. Dann hatte meine Seele Zeit den Weg zu finden."

Simona musste weinen. Warum hat er so schöne Dinge nie zu ihr gesagt? Warum waren sie sich nie so nahe? Sie setzte sich auf die andere Seite vom Bett und nahm seine Hand. Jetzt wo er tot war konnte sie seine Hand streicheln, das hatte sie zu seinen Lebzeiten nicht gewagt. Sie war weich und warm. Wie sehr hatte sich Simona gewünscht einmal von diesen Händen gestreichelt zu werden oder wenn er sie doch einmal in die Arme genommen hätte. Sie überlegte ihn auf die Wange zu küssen. Auch das hatte sie nie gewagt. Er war immer freundlich zu ihr gewesen aber wenn sie ihm zu nahe kam zog er sich zurück. Aber selbst jetzt, als er tot war, brachte sie es nicht fertig ihm so nahe zu kommen. Deshalb streichelte sie mit ihrer Hand die Wange ihres Vaters und hielt seine Hand ganz fest.

Als die Kerze abgebrannt war packte ihre Mutter die letzten Sachen ihres Vaters und klingelte nach der Schwester. „Kannst du mich nach Hause bringen?" Simona bejahte und nahm ihr die gepackte Tasche ab. Da kam die Schwester. „Der Bestatter ist da. Kann er hereinkommen?" Ihre Mutter nickte. „Ja bitte." Die Schwester winkte dem Bestatter zu dann drehte sie sich noch einmal zu ihrer Mutter. „ Haben Sie noch einen Wunsch?" Marianne schüttelte den Kopf. „Nein danke. Es ist alles wie es sein soll." Sie verabschiedete sich von ihrem Mann mit einem Kuss auf den Mund. Zärtlich streichelte sie noch einmal seine Wange. Dann nickte sie der Schwester zu. Simona und Marianne warteten bis der Bestatter mit dem schlichten Holz-Sarg hereinkam. Dann gab sie Simona das Signal aufzubrechen.

Als sie draußen waren fragte Simona „Wolltest du nicht noch warten?" Marianne seufzte „Ich möchte nicht sehen wie er in den Sarg gelegt wird. Das verkrafte ich nicht." Simona akzeptierte es und führte ihre Mutter zu ihrem Auto. Als sie im Auto saßen sahen sie den Wagen des Beerdigungsinstitutes an ihnen vorbeifahren. „Er wollte verbrannt werden, deshalb der schlichte Sarg. Das mit der Traueranzeige mache ich morgen. Ich möchte jetzt nur noch nach Hause."Sie fuhren schweigend zu ihrem Elternhaus. Simona brachte die Tasche in den Flur und fragte wo sie diese hinbringen solle. Marianne meinte „Stell sie einfach in die Waschküche. Wenn ich alles gewaschen habe werde ich alle Sachen von Josef an das rote Kreuz spenden." Den Blick auf Simona gerichtet fügte sie noch an „Dein Vater hat es mir so aufgetragen." Simona war erstaunt, dass ihre Eltern über den Tod, die Beerdigung und sogar über die Kleider miteinander gesprochen hatten. Sie hätte gedacht, dass es ihrem Vater egal war was mit seinen Sachen passiert oder dass er es einfach seiner Frau überlassen würde.

Marianne hantierte in der Küche. Ohne sich umzudrehen fragte ihre Mutter „Möchtest du auch einen Tee? Pfefferminz, dein Lieblingstee." Simona lächelte „Gerne." Ihre Mutter brachte die Teetassen ins Wohnzimmer. Sie setzte sich in ihren Sessel und Simona in den Sessel ihres Vaters. Hier saßen ihre Eltern am Nachmittag und tranken ihren Tee. Von hier aus hatte man einen schönen Blick in den Garten. Marianne sagte leise „Ich kann es nicht glauben, dass er nie wieder nach Hause kommen wird." Simona tat das Herz weh. „Das ist eine schwere Zeit für dich Mama. Möchtest du, dass ich ein paar Tage bei dir schlafe?" Marianne schüttelte den Kopf. „Aber nein, ich hatte Zeit mich auf diesen Moment vorzubereiten. Ich glaube, ich möchte auch ein bisschen alleine sein. Die letzte Zeit war so anstrengend und Kräfte zehrend, dass ich früh zu Bett gehe." Simona nickte. „Okay, aber ich kann mir Zeit nehmen um dir bei den Vorbereitungen zur Trauerfeier zu helfen." Marianne seufzte. „Ja das wäre schön. Kannst du morgen früh um 10:00 Uhr hier sein? Dann können wir zusammen beim Bestatter die Todesanzeige aufgeben und die Trauerfeier besprechen." Simona verabschiedete sich von ihrer Mutter und fuhr nach Hause.

Ihr Mann Ralf erwartete sie schon. „Hallo mein Schatz wie geht es dir?" Er nahm sie in den Arm und endlich konnte sie richtig weinen. Er streichelte sie und wiegte sie wie ein Kind. Nachdem sie sich etwas beruhigt hatte putzte sie sich die Nase und Ralf machte ihr einen Tee. „Wo sind denn die Mädchen?" Ralf nahm sie wieder in den Arm als sie auf dem Sofa saßen. „Ich habe ihnen erzählt, dass Opa Josef gestorben ist und dass du ein bisschen Ruhe brauchst wenn du nach Hause kommst. Lena und Maike sind in ihrem Zimmer." Simona atmete tief durch und rief dann nach ihren Töchtern. Lena war 15 Jahre und Maike 18 Jahre alt. Sie kamen ins Wohnzimmer und umarmten ihre Mutter. Jetzt weinten alle Drei. Ralf stand auf und ging in die Küche um auch noch Tee für seine Töchter zu machen. Sie erzählte von Opa Josefs Kommunionskerze. „Oma wollte so lange bei ihm sein bis die Kerze heruntergebrannt war. Dann erst, sagte sie, ist die Seele gegangen. Das war Opas letzter Wunsch." Lena und Maike meinten, dass das ein schönes Ritual war.

Nach dem gemeinsamen Abendessen und dem Austausch von Erinnerungen an Opa Josef verzogen sich die Mädchen wieder in ihre Zimmer. Ralf und Simona setzten sich vor den Kamin. Simona konnte ihrem Mann alles anvertrauen deshalb fing sie an zu erzählen. „Ich bin zu spät gekommen! Fünf Minuten bevor ich da war ist er gestorben." Ralf nahm Simona`s Hand. „Zuerst war ich geschockt. Aber dann habe ich das Fenster geöffnet und mich gefragt ob es so nicht besser war." Simona weinte „Ich hätte mir so sehr gewünscht, dass er einmal zu mir gesagt hätte, dass er mich lieb hat. Wenn er mich doch einmal in den Arm genommen hätte!" Simona schüttelte den Kopf. „Das mit der Kerze wusste ich auch nicht. So etwas sollte man doch als Tochter wissen, oder? Ich meine, er hätte mir das doch auch erzählen können." Und nach einer kleinen Pause. „Mutter ist sehr gefasst. Sie hat gesagt sie hätte Zeit gehabt sich an den Gedanken des endgültigen Abschiedes zu gewöhnen. Papa hat ihr aufgetragen wohin seine Sachen kommen und wie die Trauerfeier aussehen soll. Wenig Aufwand wie im Leben." Ralf nahm sie wieder in den Arm und küsste sie auf die Stirn.

„Dein Vater war ein guter Mensch. Viele Männer in seinem Alter können nicht gut mit Nähe umgehen. Sie sind anders erzogen worden und sie sind durch den Krieg und die Nachkriegsjahre hart geworden und haben ihre Gefühle eingeschlossen." Simona wandte ein „Aber doch nicht bei seiner eigenen Tochter. Er hat mich nie gelobt, mich nie in den Arm genommen. Bei Lena und Maike konnte er es auch nicht. Sie waren immer enttäuscht wenn sie zu ihm gestürmt sind und er sie nicht in den Arm nehmen wollte." Ralf meinte aber „Das stimmt zwar aber er war immer für sie da. Wenn wir abends ausgehen wollten war dein Vater der Erste der sich angeboten hat zu kommen. Die Kinder konnten immer und zu jeder Zeit bei deinen Eltern übernachten. Josef hat sie oft vom Kindergarten abgeholt als du wieder ange-fangen hast zu arbeiten und er half mir jedes Jahr beim Bäume schneiden und bei anderen handwerklichen Tätigkeiten. Das war seine Art uns seine Liebe zu zeigen. Indem er einfach da war wenn man ihn brauchte." Simona kuschelte sich an ihren Mann. „Du hast Recht, er war immer da. Wie ein Fels in der Brandung. Aber ich hätte mir gewünscht, dass er mich auch einmal in den Arm genommen hätte. Ich konnte tun was ich wollte, es kam kein Lob von ihm." Ralf nickte „Er konnte es ein-fach nicht." Simona war müde, die Stunden im Krankenhaus haben an ihren Nerven gezerrt. Sie küsste ihren Mann und ging schlafen.

Am nächsten Morgen war sie pünktlich bei ihrer Mutter. Sie fuhren direkt zum Bestatter. Hier suchten sie zuerst eine Urne für Josef aus und dann besprachen sie die Trauerfeier. Als alles erledigt war fuhr Simona ihre Mutter nach Hause. „Trinkst du noch einen Tee mit mir?" Natürlich wollte Simona ihre Mutter nicht gleich wieder alleine lassen. Sie machten es sich wieder in den Sesseln im Wohnzimmer gemütlich. Simona wollte wissen „Ihr habt nie viel von der Flucht aus Ungarn gesprochen. Wa-rum eigentlich nicht? Ich wusste nicht, dass Papa diese Kerze gerettet hatte." Es sollte nicht wie ein Vorwurf klingen aber Marianne empfand es so. „Ach Kind, das waren harte Zeiten und warum sollten wir unser Kind damit belasten. Was hättest du davon gehabt wenn du gewusst hättest wie schrecklich die Flucht für ihn war?" Simona überlegte „Vielleicht hätte ich Papa dann besser verstanden."

Marianne schaute zu ihrer Tochter „Wie meinst du das?" Jetzt gab es kein Zurück mehr für Simona. „Papa hat mich nie in den Arm genommen. Er hat mir nie gesagt, dass er mich lieb hat." Nun musste sie wieder weinen. Marianne tätschelte ihre Hand. „Dein Vater hat dich sehr geliebt, natürlich! Als du klein warst hat er dich immer seine Prinzessin genannt. Er hat dir Puppenhäuser gebaut, er hat für dich Erdbeeren angepflanzt weil du die so gerne mochtest, sogar ein Kaninchenstall hat er gebaut weil du ein Kaninchen wolltest und er hat dir das Fahrradfahren beigebracht. Weißt du das nicht mehr?" Simona lächelte „Das weiß ich noch. Aber er hat mich nie in den Arm genommen und mir etwas Liebes gesagt." Marianne nickte „Ich weiß, dass er dich liebte. Er konnte seine Gefühle nicht so offen zeigen. Aber er hat dich geliebt.

Die Zeit der Flucht hat ihn stark geprägt. Ich habe mit vielen Frauen gesprochen deren Männer im Krieg waren oder geflüchtet sind. Diese Männer haben viel Leid erlebt. Ich selbst war zu jung um mich an Details unserer Flucht zu erinnern. Ich weiß nur noch, dass ich gefroren habe. Meine Eltern gaben ihr Bestes um mich nicht hungern und frieren zu lassen."

Nach einer Pause und einem tiefen Atemzug „Dein Vater hat auf der Flucht verhungerte Menschen am Straßenrand gesehen. Er hat Verwandte und Menschen aus seinem Dorf während den Luftangriffen verloren. Er hatte ständig Angst, dass sie es nicht schaffen würden. Er hatte Hunger und Durst. Musste mit seinen 14 Jahren die Heimat und seine Freunde verlassen. Das tut einem Jungen sehr weh. Einmal hat ihm ein fremder Mann ins Gesicht geschlagen weil er sich zu einem verhungerten Jungen an den Straßenrand gesetzt hatte. Dein Vater konnte nicht mehr weiter und wollte einfach dort sitzen bleiben und sterben. Der fremde Mann hat ihn aber hochgezerrt, ihn geschlagen und ihn angebrüllt. Er solle sich um seine Mutter kümmern und weitergehen. Weinen könne er später. Das hat ihm zwar das Leben gerettet aber es hat ihn auch hart gemacht. Er lernte, dass man keine Gefühle zulassen darf. Es ist nicht seine Schuld. Das war der Krieg."

Simona war gerührt. Ihr armer Vater, was er wohl alles gesehen hatte auf dieser Flucht. Sie schämte sich jetzt, dass sie ihn für herzlos hielt und ihm in Gedanken immer Vorwürfe machte. Marianne spürte ihre innere Zerrissenheit. „Simona, mach dir keine Vorwürfe. Wir hätten dir das erzählen sollen. Aber wir dachten einfach gar nicht darüber nach. Dein Vater hat dich geliebt so wie er mich geliebt hatte. Die Gefühle, die er aufbringen konnte haben wir bekommen!" Simona konnte gar nicht mehr aufhören zu weinen. Marianne stand auf und sagte in ihrer resoluten Art „Ich mach dir noch einen Tee und dann erzähle ich dir von der Zeit als wir uns kennen gelernt haben."

Später am Abend erzählte Simona ihrem Mann von dem Gespräch. Ralf sagte „Das kann ich mir gut vorstellen. Wenn einem so etwas passiert ist man nicht mehr der Mensch der man vorher war oder der man hätte sein können. Der Krieg hat vielen Frauen den Sohn oder den Mann genommen und vielen Kindern den Vater. Und die, die nach Hause kamen, waren nicht mehr die Gleichen. Ich habe mal von einer jüdischen Frau gelesen die erst ihrer Enkelin, die Journalistin war, erzählen konnte was sie im KZ erlebt hatte. Ihre eigene Tochter spürte immer, dass da etwas Schlimmes geschehen sein musste, aber es wurde in der Familie einfach nicht darüber geredet. Sie wurde angetrieben eine gute Schülerin zu sein, zu studieren und aus ihrem Leben das Beste heraus zu holen. Erst durch diese Reportage verstand sie warum. Die jüdische Frau sagte, dass sie Angst hatte den Kindern

14

durch die Erzählungen eine sorgenfreie Kindheit zu nehmen. Wie hätten sie mit diesem Wissen leben können? Ich denke dein Vater hat genauso gedacht." Simona sprach leise „Ich konnte mich nicht richtig von Papa verabschieden. Ich konnte ihn einfach nicht in den Arm nehmen. Nicht einmal als er tot war." Ralf tröstete seine Frau. „Er hatte eine autoritäre Ausstrahlung. Die hat dich immer eingeschüchtert und trotzdem hast du ihn bewundert. Wahrscheinlich hat er selbst im Tod noch so unnahbar gewirkt. Mach dir bitte keine Vorwürfe. Du konntest nicht anders!"

Am nächsten Tag hatte Marianne eine Segnung für Josef in der Kirche bestellt. Alle Verwandte, Freunde und Bekannte kamen. Nach der Kirche lud Marianne einige Verwandte zu sich nach Hause zu einem Umtrunk ein. Simona ging auch mit während Ralf mit den Mädchen nach Hause fuhr. Nach ein paar Gläser Wein oder Bier sprachen sie alle nur noch von Josef. Simona erfuhr manches über ihren Vater was sie noch nicht wusste. Im Verlauf des Abends lernte sie ihren Vater von einer anderen Seite kennen. Alle sagten er wäre ein guter Mensch gewesen, fair und immer hilfsbereit. Das tat ihr gut und sie sah, dass ihre Mutter trotz der Trauer stolz auf ihn war. Als Simona meinte, dass ihr Vater auch ein schöner Mann war sprachen einige Frauen durcheinander. Sie hatten Marianne oft um ihren schönen und humorvollen Mann beneidet. Simona dachte nach. Ja, ihr Vater hat viel gelacht und immer Witze gemacht. Woher er wohl diese Kraft nahm? Später half sie ihrer Mutter noch beim Aufräumen dann fuhr sie auch nach Hause.

Am Abend hatte Ralf ein kleines Buch für Simona. Der Titel hieß: „Verzeihen ist die größte Heilung" von Gerald G. Jampolsky. Simona nahm das Büchlein und schaute ihren Mann fragend an. „Nun, du hast gestern gesagt, dass du dir nicht verzeihen kannst weil du dich nicht richtig von deinem Vater verabschiedet hast. Ich dachte mir, dass in diesem Büchlein vielleicht eine Antwort ist." Simona küsste ihren Mann. Welch ein Glück sie doch mit ihrem Mann hatte. Und obwohl ihr Vater sie nie in den Arm genommen hatte, hatte sie nie Probleme dies mit Menschen zu tun die sie mochte oder liebte. „Danke mein Schatz. Das hört sich vielversprechend an." Simona duschte und zog sich mit dem Büchlein auf ihren Lesesessel zurück.

Sie erfuhr wie Menschen ihren seelischen Schutzwall aus verdrängter Wut, aufgestauter Enttäuschung und emotionaler Verhärtung aufgeben können und wirklich verzeihen können. Sich selbst und den Mitmenschen. Als Ralf ihr signalisierte, dass er ins Bett gehen würde küsste sie ihn nebenbei, so vertieft war sie in das Büchlein. Mitten in der Nacht auf Seite 103 fand sie was sie gesucht hatte. Die Frau des Autors hatte ein Gedicht für ihren Vater verfasst. Er war gestorben bevor sie sich mit ihm versöhnen konnte. Lange nach seinem Tod konnte sie ihm verzeihen. Die Frau des Autors hatte Schuldgefühle weil sie sich gewünscht hatte, dass ihr Vater anders gewesen wäre als er war. Sie hatte ihre Wut auf den Vater stets unterdrückt, die sich auf sein Verhalten ihr gegenüber richtete. Simona konnte das gut verstehen, sie fühlte ebenso. Und da, mitten in der Nacht konnte sie ihm und sich verzeihen.

Sie verstand, dass Liebe auch mit einer Puppenkiste oder Erdbeeren gezeigt werden kann. Dass Liebe auch ohne Worte auskommt. Sie las weiter.

Als die Frau des Autors ihre verdrängten Gefühle zuließ konnte sie ihrem Vater verzeihen und hatte für ihn ein Gedicht geschrieben. Simona war wie elektrisiert. Sie las das Gedicht einmal, zweimal und ein drittes Mal. Dann war sie sich sicher, dass sie dieses Gedicht bei der Trauerfeier ihres Vaters vortragen würde. Sie holte ihren Laptop und schrieb es ab.

Am nächsten Morgen erzählte Simona ihrem Mann von dem Gedicht. Sie las es ihm vor und auch er hatte feuchte Augen als er zuhörte. „Das ist ein schönes Gedicht. Damit machst du auch deiner Mutter eine große Freude. Aber am wichtigsten ist, dass du deinen Vater so akzeptieren kannst wie er war und ihn jetzt gehen lässt." Simona war von der Weisheit ihres Mannes gerührt. „Das hast du schön gesagt mein Schatz. Genauso werde ich es machen. Ich werde am Tag seiner Beerdigung ein Ritual im Garten machen. Ich schreibe mir alles von der Seele und begrabe diese Seiten im Garten. Vielleicht hilft es." Ralf fand das wäre eine gute Idee.

Am Tag der Beerdigung war Simona sehr traurig. Erst jetzt konnte sie ihrem Vater verzeihen. Jetzt wo er nicht mehr am Leben war. Heute hätte sie den Mut gehabt zu sagen „Papa, kannst du mich mal in den Arm nehmen?" Wer weiß, vielleicht hatte er darauf gewartet. Sie kann jetzt akzeptieren, dass manche Menschen einfach nicht ihre Gefühle zeigen können. Vielleicht weil sie einmal sehr verletzt wurden, vielleicht weil sie schlechte Erfahrungen gemacht haben oder einfach weil es nicht so wichtig ist wie das Weiterleben selbst. Simona dachte „Ich habe immer gefragt was an mir falsch ist? Wieso will er mich nicht in den Arm nehmen oder mal was Liebes sagen? Aber die Wahrheit ist. Er konnte es einfach nicht und er hatte es auch gar nicht bemerkt. Für ihn war alles in Ordnung."

Die Trauerfeier fand in der Einsegnungshalle auf dem Friedhof statt. Überall hatte ihre Mutter blaue Vergissmeinnicht dekorieren lassen, die Lieblingsblume ihres Vaters. Simona weinte. Ihre Mutter nahm sie tröstend in den Arm. „Ach mein Mäuschen, Papa hat jetzt Frieden." Simona und ihre Familie saßen neben ihrer Mutter. Zuerst sprach der Pfarrer, dann der Heimatverein. Nun wollte Simona das Gedicht vorlesen. Sie stand auf, atmete tief ein und las vor:

Könnte ich ein Stück mit dir gehen, Papa

Könnte ich ein Stück mit dir gehen, Papa, einen Augenblick der Zeit, den stehle ich, wenn ich deinen Rhythmus spüren könnte, wäre das so tröstlich für mich.

Am Ende des Tages in den Schein der Abendsonne gehüllt, müde von der Arbeit, dein Tagwerk erfüllt, fandest du Freude an kleinen Dingen. Sie schienen mir sinnlos leere Hüllen, und doch heute und an jedem Tag, sind sie es, die mich erfüllen.

Deine Blumen in ihren Gärten, aus harter Erde brachtest du sie hervor, deine Vögel mit ihren Schwingen, sind Gottes Werk und steigen empor.

Wir sprachen nur wenig und teilten fast nichts als Plagen. Könnte ich ein Stück mit dir gehen, Papa, würde mein Herz dir sagen: „Nie verstand ich deine Wut, deine Enttäuschung und dein Leid, aber so verwirrend es auch war, hab ich daraus gelernt in meiner Zeit."

Du hast mich gezwungen, nach innen zu schauen, und dort den Sinn von Leben, Liebe und Zeit zu suchen und danach zu streben.

Du lehrtest mich, ohne zu lehren, gabst mir dein innerstes Licht
und einen Sinn mit auf die Reise- warum, das wusstest du nicht.

Du warst mein Gärtner, mein Hüter und mein Lehrer, hast auf
vielerlei Art gewaltet, mit Herz und mit den Händen hast auch
du meinen Geist gestaltet. In meinem zarten Kokon geschützt
vor jedem Streit ich bin, da hörte ich von innen von des Lebens
großem Sinn.

So gebe ich dir nun auf unserem Weg heut Nacht, mein Herz,
die Verbindung zu dir, die mich niemals mehr traurig macht.
Denn vergangen ist vergangen, ich habe alles aufgegeben, und
wir beide wissen nun, wir haben unser Bestes gegeben.

Ich stehe auf der Kuppe, der Hügel meines Geistes endlos weit,
und winke dir nach auf deiner Reise durch die Zeit. Finde deine
Familie im Licht, in seinem hellen Schein. Liebe, Frieden und
Vergebung mögen immer mit dir sein.

Nachdem Sie das Gedicht vorgetragen hatte fiel eine schwere
Last von ihren Schultern. Sie erlebte augenblicklich ein Gefühl
von Liebe und Zärtlichkeit für ihren Vater. Das war sehr ergrei-
fend. Sie musste wieder weinen aber dieses Mal vor Freude. Sie
umarmte ihre Mutter die ihr sagte wie schön das Gedicht gewesen ist. Und! „Du hast deinen Vater doch gekannt. Er war sehr
stolz auf dich." Simona konnte nicht mehr sprechen nur noch
spüren. So traurig und betrübt die Beerdigung auch war, der
Tag war für Simona auch ein Glück. Sie hatte Zugang zu Gefüh-
len gefunden die ihr gar nicht bekannt waren.

Am Abend brachte sie ihre Mutter nach Hause. Ralf war mit den Mädchen früher gegangen. Marianne machte wieder Tee und sie saßen in den Sesseln im Wohnzimmer. Marianne sagte „Es war eine schöne Beerdigung. Danke für dein Gedicht Simona."

Simona lächelte. „Ich vermisse ihn."

Marianne nickte „Ich auch."

Liebe ist stärker.....

Meret freute sich auf das Wochenende. Ali, ihr Mann, hatte endlich mal wieder ein Wochenende frei. Er wollte am Samstagnachmittag seinen Sohn Karim zu seinem Fußballspiel begleiten. Darauf freute sich der Junge sehr. Wenn sein Vater bei einem Fußballspiel dabei war lief Karim doppelt so schnell und war wie beflügelt. Ali war mächtig stolz wenn Karim ein Tor schoss. Wie alle Väter schrie er vor Freude und jubelte. Nur wenn die anderen Väter nach dem Spiel noch ein Bier tranken saß Ali vor einer Apfelsaftschorle. Er war Muslime und wollte kein Alkohol trinken. Deshalb blieben sie nach dem Spiel nie lange, denn nach zwei, drei Gläser Bier wurden die Männer dann zu kameradschaftlich. Ali mochte das nicht. Er verstand auch nicht wie manche Mütter zum Fußballspiel ihrer Söhne kamen und sie lautstark anfeuerten. Das war seiner Meinung nach reine Männersache. Karim war darüber oft traurig. Er hätte gerne seiner Mutter gezeigt wie gut er Fußball spielen konnte. Er wünschte sich manchmal sie wären eine ganz normale Familie.

Ali wurde in Berlin geboren nachdem sein Vater die Mutter hochschwanger nach Deutschland holte. Alis Eltern kamen aus Marokko und wollten sich in Deutschland ein neues Leben aufbauen. Seine Eltern eröffneten ein kleines Obst-und Gemüsegeschäft in Berlin-Neukölln. Es lief so gut, dass sie sich nach einigen Jahren sogar eine Eigentumswohnung kaufen konnten. Ali verbrachte aber alle Ferien in Marokko bei den Familien seines Vaters Hussein und seiner Mutter Sarin. Hussein wollte, dass er auch seine Wurzeln kennen lernen sollte. Ali konnte es kaum erwarten bis die nächsten Ferien kamen, denn er fühlte sich in Marokko wohler als in Deutschland. Nach den Ferien brauchte er immer einige Wochen bis er sich wieder an Neukölln gewöhnt hatte. Hier fühlte er sich als Außenseiter. Er wäre lieber bei seinem Onkel in Marokko geblieben aber Hussein bestand auf eine gute Schulbildung in Deutschland. Sie bekamen deshalb oft Streit. Hussein war fleißig und wollte, dass sein einziger Sohn studieren durfte. Aber Ali lag das ruhige Leben in Marokko mehr. Er versprach seinem Vater, dass er die Schule beenden würde aber ob und was er studieren sollte, wollte er selbst bestimmten. Als er endlich das Abitur in der Tasche hatte, dachte er, er wäre frei. Er wollte nicht studieren, er wollte nach Marokko auswandern. Hussein war darüber so enttäuscht, dass er ihm weder für die Reise noch für den Start in Marokko Geld gab. Ali blieb nichts anderes übrig als selbst Geld zu verdienen. So kam ihm die Idee als Taxifahrer zu arbeiten. Er wollte sich nur so viel Geld zusammen sparen, dass er sich die Reise nach Marokko leisten konnte. Die Verwandten würden ihm schon helfen.

Aber im Leben kommt manchmal alles anders als geplant. Er traf Meret. Meret war die Tochter des Taxiunternehmers bei dem er arbeitete. Sie verliebten sich ineinander und er gab den Plan, nach Marokko zu gehen, auf. Ben und Ursula, Merets Eltern, hatten nichts gegen die Beziehung zu Ali. Sie waren weltoffen und mochten den aufgeschlossenen Jungen. Als Meret ihre Ausbildung zur Kosmetikerin beendet hatte wurde geheiratet obwohl sie nicht konvertierte. Zur Hochzeit schenkte Ben den Kindern ein eigenes Taxi und so war Ali unabhängig. Er war genauso fleißig wie seine Eltern und Schwiegereltern. Er war freundlich und korrekt. Die Geburt ihres Sohnes Karim ein Jahr später machte das Glück perfekt. Doch bei der Frage ob Karim christlich oder muslimisch erzogen werden sollte gab es den ersten Streit. Meret war evangelisch und wollte Karim christlich erziehen. Ali wollte aber, dass sein Sohn Muslime wird. Es kam zu einer heftigen Auseinandersetzung. Erst Hussein konnte seinen Sohn soweit beruhigen, dass er schließlich einer christlichen Taufe zustimmte. Hussein war froh, dass Ali in eine gute deutsche Familie eingeheiratet hatte und da er selbst nicht übermäßig religiös war, war ihm nicht wichtig, ob Karim Muslim wurde.

Hauptsache das Kind war gesund. Außerdem war Hussein der Meinung, dass man als Christ in Deutschland besser dran sei.

Beide Großeltern verwöhnten Karim und brachten ihm beide Kulturen nahe. Und Karim fand sich in beiden Kulturen bestens zurecht. Er empfand sich als christlicher Muslime. Seit er sechs Jahre alt war ging er auch regelmäßig mit seinem Vater in die Moschee.

Das veranlasste auch Hussein wieder regelmäßig mit seinem Sohn und Enkelsohn in die Moschee zu gehen. Nach dem Freitagsgebet trafen sich alle bei Alis Eltern. Ben und Ursula waren auch oft eingeladen und erfuhren viel über die marokkanische Küche und über das Leben als Muslime. Sie waren oft beeindruckt von der Sanftmut Allahs und seiner Weisheit. Ben und Hussein verstanden sich genauso gut wie Ursula und Sarin. Sie waren eine richtige Großfamilie geworden. Meret und Ali waren Einzelkinder und wollten daher selbst viele Kinder bekommen. Aber leider blieb, trotz Hormonbehandlung, weiterer Nachwuchs aus. Nachdem Meret eine Fehlgeburt in der 6. Woche hatte wollte sie es auch nicht mehr versuchen. So ging sie, als Karim in die Schule kam, wieder halbtags als Kosmetikerin arbeiten. Meret war eine schöne und gepflegte Frau, sie hatte keine Probleme eine Anstellung zu bekommen. Ihr Aussehen war ihre beste Empfehlung.

Nur Ali hatte sich nicht darüber gefreut. Ihm wäre es lieber gewesen wenn Meret zu Hause geblieben wäre. Meret musste Ali immer wieder erklären, dass sie seine Kultur und Religion respektierte, aber sie wollte auf ihr freies Leben in Deutschland nicht verzichten. Darüber konnten sie stundenlang streiten. Aber da war auch eine tiefe Liebe die alle Hindernisse überwand.

An Karims 12. Geburtstag kam aber die Wende.

Es war ein Freitag und Ali wollte mit Karim wie immer in die Moschee. Aber Karim hatte Freunde eingeladen und wollte noch ein bisschen feiern. Ali wurde ungeduldig. „Karim, du musst jetzt deine Freunde nach Hause schicken sonst kommen wir zu spät in die Moschee." Aber Karim wollte noch spielen und feiern. „Ach Papa, dann geh doch heute mal alleine zur Moschee." Bevor Ali noch etwas erwidern konnte mischte sich auch Meret ein. „Ali, du kannst doch heute mal das Freitagsgebet ausfallen lassen. Deine und meine Eltern kommen in einer Stunde zum Abendessen." Ali wusste davon nichts. „Ich möchte das Freitagsgebet aber nicht ausfallen lassen weil es mir wichtig ist. Und wieso kommen meine Eltern schon in einer Stunde?" Meret nahm ihren Mann in den Arm. „Weil dein Vater heute auch nicht zum Freitagsgebet geht. Er will mit deinem Sohn Geburtstag feiern." Ali wurde wütend. „Du hast gesagt, dass du meine Religion respektierst. Wieso lädst du dann meine Eltern am Freitagabend so früh zum Essen ein?" Aus Merets Gesicht verschwand das Lächeln als sie Ali sah. Er war wirklich gekränkt. „Ali, es tut mir leid. Ich habe nicht nachgedacht. Natürlich gehst du zum Freitagsgebet. Ich rufe deine und meine Eltern an, dass sie eine Stunde später kommen. Dann kann Hussein noch mit dir gehen." Aber Ali war noch wütend. „Und Karim? Das Freitagsgebet ist für einen Muslim wichtig. Ich möchte, dass er auch mitgeht." Meret schaute ihren Mann fragend an. „Ali, Karim ist kein Muslim! Er geht gerne mit dir zum Freitagsgebet, das finde ich sehr schön für euch Beide, aber ich möchte jetzt nicht seine Freunde nach Hause schicken. Karim hat gerade so viel Spaß und er hat heute Geburtstag." Ali wollte nicht vor den Kindern streiten und ging ohne ein weiteres Wort aus dem Haus.

Meret war zwar evangelisch aber nicht streng religiös. Eigentlich ging Karim öfter in die Moschee als in die Kirche. Sie machte sich darüber Gedanken. Ob sie nicht öfters mit Karim in die Kirche gehen sollte? An Weihnachten und Ostern gingen sie immer in die Kirche und Ali kam da auch mit. Aber so eine Regelmäßigkeit wie das Freitagsgebet hatten sie nicht. Vielleicht war Karim mehr Muslime als Christ. Sie konnte nicht weiter darüber nachdenken, denn der erste Junge wurde schon abgeholt.

Als Ali nach Hause kam waren seine Eltern schon da. Hussein begrüßte ihn mit den Worten „Da kommt ja mein Sohn, jetzt können wir endlich essen." Ali war auch auf seinen Vater böse, denn er hätte ja mitgehen können. „Wieso bist du nicht in der Moschee gewesen?" Sein Vater antwortete lächelnd „Am Geburtstag meines Enkels mache ich eine Ausnahme." Ali wollte nicht streiten aber er fand, dass sein Vater kein richtiger Muslim war. Aber Hussein war so ein gutmütiger, fröhlicher Mann, Ali konnte ihm nie lange böse sein. Es wurde noch ein sehr schöner Abend. Als sich Meret später an ihren Mann kuschelte versöhnten sie sich wieder. Meret nahm sich vor Alis Religion mehr zu würdigen.

Samstags fuhr Ali den ganzen Tag Taxi und Meret putze das Haus. Karim war bei seinem Freund Tibor zum Spielen. Abends rief Karim an und fragte ob er nicht bei Tibor übernachten durfte. Meret hatte nichts dagegen und freute sich auf einen Abend mit Ali. Sie fand, dass sie schon lange nicht mehr abends zusammen essen waren und reservierte einen Tisch in einem neuen Fischrestaurant. Sie überfiel ihn abends schon an Tür. „Hallo mein Schatz, stell dir vor wir haben heute sturmfreie Bude." Ali lächelte. „Sturmfrei?" Meret lachte. „Karim übernachtet heute bei Tibor und ich dachte wir sollten mal wieder ausgehen." Als Ali gähnte sagte sie schnell. „Komm stell dich schnell unter die Dusche, dann bist du wieder frisch." Obwohl Ali müde war wollte er seiner Frau doch diesen Gefallen tun.

Das Fischrestaurant war sehr gemütlich eingerichtet und das Essen war sehr gut. Und dennoch wollte bei Ali keine richtige Stimmung aufkommen weil er müde war. Meret verzichtete deshalb auf ein Dessert weil sie nach Hause wollte. Sie schlenderten nach dem Essen gemütlich nach Hause. An einer Straßenecke wurden sie plötzlich von drei jungen Männern angesprochen. Sie hatten alle lange Bärte und den Koran in der Hand. „Bruder, wieso ist deine Frau nicht verschleiert? Du bist doch ein Muslim, oder? Ich kenn dich von der Moschee. "Ali wusste im ersten Moment gar nicht was er sagen sollte, so überrascht war er. Dafür redete Meret „ Das geht euch gar nichts an." Meret wollte aber nicht mit den Männern diskutieren und zog Ali schnell an den Männern vorbei. Aber die stellten sich ihnen einfach in den Weg. „Wieso ist sie nicht verschleiert?" Meret war jetzt wütend. Was erlaubten die sich überhaupt. „Ich bin Christin! Ich verschleiere mich nicht!" Und Ali? Er war blass geworden und sagte nichts! Deshalb wurde Meret energisch „Wenn Ihr nicht augenblicklich verschwindet rufe ich die Polizei!"

Ali sagte immer noch nichts aber jetzt ließen sie von ihnen ab und gingen grinsend weiter.

Meret fragte Ali „Ist alles in Ordnung mit dir?" Ali schaute Meret in die Augen „Ich bin sauer auf dich!"

Meret blieb stehen „Auf mich?" Ali gab einem Baum einen Tritt bevor er antwortete „Du hast mich wie einen Blödmann aussehen lassen. Was musst du ihnen noch auf die Nase binden, dass du Christin bist."

Meret wusste erst gar nicht wie ihr geschah. „Hättest du die Männer gebeten zur Seite zu gehen, dann wäre ich ruhig gewesen." Ali lief ohne Meret einfach weiter.

Sie lief hinter ihm her. „Ali bleib stehen was soll das jetzt!" Plötzlich blieb er stehen und schrie „Ja ich habe nichts gesagt weil ich nicht wusste was ich hätte sagen sollen. Hätte ich sagen sollen, dass meine Frau mich nur heiraten wollte wenn sie dafür nicht konvertieren musste. Meine Frau wollte, dass mein einziger Sohn Christ wird. Ich bin ein gedemütigter Muslim."

Meret war sprachlos. Sie wusste nicht, dass Ali so fühlte. Sie sagte leise „Ali, ich wusste nicht, dass es dich so kränkt, dass ich und Karim Christen sind. Ich dachte du bist so weltoffen wie deine Eltern. Sicher hast du bei der Taufe deinen Standpunkt gesagt, aber ich ahnte wirklich nicht, dass es dir damit so ernst war. Ali, für mich ist Allah oder Gott die gleiche Person. Ich glaube nicht, dass es mehrere Götter gibt." Aber Ali glaubte das.

„Allah ist der einzige Gott und Mohammed ist sein Prophet. Dein Gott ist kein guter Gott. Er erlaubt Alkohol, er erlaubt, dass Frauen sich ihr Haupt nicht einmal in der Kirche bedecken müssen und er erlaubt, dass die Gläubigen in die Kirche gehen können wann sie wollen. Was ist das für ein Gott?" Meret war tief berührt. Eigentlich hatte er ja recht. Sie wollte Christin bleiben und Karim als Christ erziehen. Aber außer dem Abendgebet betete sie nie mit ihm und in die Kirche gingen sie nur an Weihnachten und an Ostern. „Wenn du es so siehst hast du nicht unrecht. Wahrscheinlich bin ich eine schlechte Christin. Und du bist ein guter Muslim. Aber ich liebe die Freiheit die mir Gott schenkt, ich kann zu ihm beten wann ich will und wo ich will. Er straft nicht, er versteht alles und er liebt alle. Für mich ist Gott Liebe. Liebe deinen Nächsten wie dich selbst. Gebe wenn du etwas zu geben hast und sei Dankbar. Das ist es was ich Karim vorlebe." Ali war nicht zu überzeugen. „Ich sehe dich nie beten!"

Meret hakte sich bei ihm ein und ging einfach weiter. „Ali ich bete jeden Abend bevor ich einschlafe. Ich falte meine Hände und bete in meinen Gedanken. Jeden Abend bedanke ich mich für den guten Tag und bitte um Gottes Segen für Karim, für mich und für dich. Ich lüge nicht, stehle nicht und ich schaue auch keine anderen Männer an. Obwohl ich nicht regelmäßig in die Kirche gehe versuche ich dennoch nach Gottes Geboten zu leben. Das verstehe ich unter religiöse Freiheit. Und! Ich akzeptiere alle anderen Religionen."

Ali blieb stehen und schaute Meret an. „Ich wusste nicht, dass du betest." Meret küsste ihn. „Ach Ali, ich bin froh, dass du kein Alkohol trinkst und Freitagsabends in die Moschee gehst anstatt in die Kneipe. Ich wollte nie einen Mann der abends in Kneipen sitzt, Bier trinkt und anderen Frauen hinterher schaut. Wir haben ein schönes Leben, ein gesundes Kind und wir lieben uns nach 13 Jahren immer noch. Also sind wir gesegnet. Egal von welchem Gott." Ali lachte und küsste seine Meret innig. Sie hatte ja recht. Er sollte etwas lockerer sein. Dann beeilten sie sich nach Hause zu kommen, denn sie hatten eine sturmfreie Bude.

In den Sommerferien wollte Ali nach so vielen Jahren mal wieder zu seinem Onkel nach Marokko fahren. Ali und Meret waren in den Flitterwochen dort und noch einmal als Karim sechs Jahre alt war. Also freuten sich alle auf die 14 Tage Sonne. Doch dann hatte Ben einen Herzinfarkt und Meret wollte bei ihrer Mutter bleiben. Ali hatte vollstes Verständnis dafür und wollte dem Onkel schon absagen. Aber Meret wusste wie sehr sich Ali auf Marokko gefreut hatte und versicherte ihm, dass er auf jeden Fall alleine fahren sollte. Karim, der weder die Sprache kannte noch sich an den Onkel mit Familie erinnerte, wollte zu Hause bleiben.

Auch, weil er bei seinem Freund Tibor sein wollte. Tibors Eltern hatten sich ein Haus gekauft und wollten in den Ferien umziehen. Während des Umzugs sollte Tibor ein paar Tage bei Karim wohnen. Karim freute sich auf die Ferien mit Tibor. Ali war hin und her gerissen aber seine Sehnsucht nach Marokko war zu groß. Also fuhr er alleine.

Er meldete sich in der ersten Woche jeden Tag und erzählte wen er alles wieder getroffen hatte und richtete Grüße an Meret und Karim aus. In der zweiten Woche erzählte er noch, dass er seinen Cousin Hamza wieder getroffen hatte, der ihn sehr beeindruckte. Mit diesem war er jeden Tag stundenlang zusammen und meldete sich erst wieder einen Tag bevor er zurück fuhr. Meret freute sich für Ali und sie war froh, dass ihr Vater Ben wieder auf dem Weg der Besserung war. Für Karim gingen die Tage mit Tibor sowieso viel zu schnell vorbei.

Zu Alis Rückkehr lud Meret ihre Schwiegereltern zum Abendessen ein und sie freuten sich auf Alis Ankunft. Als das Taxi vorfuhr kamen sie alle aus dem Haus um Ali zu begrüßen. Karim war als erster bei Ali. „Papa, Papa das ist schön, dass du wieder da bist." Vater und Sohn begrüßten sich innig. Dann begrüßte er Meret und seine Eltern.

Meret war verdutzt. „Du hast dir einen Bart stehen lassen? Eine Urlaubslaune?" Ali fasste sich an den Bart. „Nein keine Laune, ich möchte mir einen schönen Vollbart wachsen lassen. In Marokko tragen das fast alle Männer." Meret fand den kurzen Bart an Ali schön, aber einen Vollbart? Sie lächelte ihn an. „Aber wenn du nicht mehr so schön bist wie vorher rasierst du ihn wieder ab, oder?" Ali verging das Lächeln und mit stolzer Brust sagte er „Ganz bestimmt nicht. In Marokko tragen gläubige Männer einen Bart. Ich bin ein gläubiger Mann!" Meret dachte, dass er erst einmal wieder zu Hause ankommen sollte dann würde sie mit ihm schon noch reden können.

Während des Abendessens erzählte Ali von der Großfamilie und verteilte seine Geschenke. Meret bekam ein schönes, orientalisches Halstuch. Hussein eine Wasserpfeife und Sarin ein Armband. Für Karim hatte Ali eine besondere Überraschung. Er packte einen Gebetsteppich aus. Strahlend überreichte er Karim den Teppich. „So mein Sohn, nun hast du deinen eigenen Gebetsteppich." Karim schaute den Teppich an und verstand nicht. Das sollte sein Geschenk sein, ein Teppich für sein Zimmer? Aber er wollte nicht unhöflich sein und sagte. „Oh, ein Teppich für mein Zimmer. Danke Papa. Den lege ich vor mein Bett." Aber Ali schüttelte den Kopf. „Nein, den benutzt du nur wenn du betest. Nach dem Gebet legst du ihn wieder zur Seite. Sieh, ich habe mir auch einen gekauft." Bevor Meret etwas sagen konnte kam ihr Hussein zu Hilfe. „Die sind sehr schön Ali, aber wieso braucht Karim einen Gebetsteppich. Er ist kein Muslim." Da funkelte Ali seinen Vater an. „Ja und das habe ich auch dir zu verdanken. Ich wollte, dass Karim Muslim wird aber ihr wolltet, dass er Christ wird. Das war ein großer Fehler!"

Hussein schüttelte den Kopf. „Ali, wir leben in Deutschland und hier ist es besser wenn du Christ bist. Du weißt, ich bin nicht streng religiös und du hattest die Freiheit zu glauben was du willst. Du wolltest Muslim sein. Gut. Aber Karim ist Christ. Es ist schön mit euch Beiden Freitags in die Moschee zu gehen aber Karim ist immer noch Christ, das solltest du respektieren." Ali lachte höhnisch. „Es ist eine Schande, dass mein einziger Sohn ein Christ ist." Nun war es Meret aber zu viel. „Ali, ich glaube das sollten wir ein anderes Mal besprechen, wir freuen uns, dass du wieder da bist. Bitte verdirb uns nicht den Abend." Dann erklärte sie Karim. „Weißt du, dein Vater wollte, dass du Muslim wirst, aber ich wollte, dass du evangelisch getauft wirst. Dabei war mir Christ sein oder Muslim sein gar nicht wichtig. Ich dachte einfach, dass du die meiste Zeit mit mir zusammen bist. Das war schon alles. Wenn du 14 Jahre alt bist kannst du selbst entscheiden welchen Glauben du annehmen möchtest."

Karim schaute zu Meret und zu Ali. „Aber das ist doch völlig egal. Es gibt nur einen Gott. Der heißt in Marokko Allah und hier in Deutschland Gott." Damit war Ali aber nicht einverstanden. „Das ist nicht egal. Es gibt nur einen Gott und das ist Allah und Mohammed ist sein Prophet." Hussein war jetzt ein bisschen aufgebracht. „Kannst du nicht einfach akzeptieren was Karim sagt. Ich bin ganz seiner Meinung. Hör auf mit solchen Reden, was soll das? Was hat mein Bruder mit dir in Marokko gemacht?" Ali sagte verächtlich „Dein Bruder ist auch kein richtiger Muslim. Er trinkt heimlich Alkohol und lebt ein ausschweifendes Leben.

Aber Hamza, dein Neffe, ist ein großes Vorbild für mich. Er hat mir die Augen geöffnet über den wahren Glauben und dem niederträchtigen Leben der Ungläubigen." Ali sagte dies mit einer Überzeugung und glänzenden Augen. Jetzt waren alle sprachlos. Was ist nur mit Ali passiert? Meret versuchte die Wogen zu glätten. „Ali, es gibt keine Ungläubigen. Sicher es gibt Atheisten, aber die meisten Menschen sind Christen, Juden, Muslime oder Buddhisten. Irgendwie sind trotzdem alle gläubig. Bitte sei etwas toleranter." Ali funkelte seine Frau an. „Das ist typisch für dich, ich soll immer tolerant sein. Aber es wird Zeit, dass du mich ernst nimmst."

Plötzlich fing Karim an zu weinen. Alle schauten erschrocken zu ihm. „Ich habe mich so auf dich gefreut, Papa, und jetzt schimpfst du nur mit uns. Ich bin so traurig."

Das war der Moment als Ali seinen Kopf schüttelte und sanft sagte. „Es tut mir leid Karim. Komm her mein Sohn, ich habe dich so vermisst." Er nahm ihn in den Arm und beruhigte ihn. Dann schaute er in die Runde und sagte „Kommt, lasst uns jetzt erst einmal etwas essen." Keiner hätte zu diesem Zeitpunkt gedacht, dass es noch ein schöner Abend werden würde.

Später im Bett liebten sich Meret und Ali als ob nichts passiert wäre. Er war wieder der Ali den sie kannte. Meret sagte „Ich liebe dich, es ist schön, dass du wieder da bist. Aber du hast mich heute Abend ganz schön erschreckt. Wieso warst du so wütend? Auf wen und auf was?" Ali versuchte es ihr zu erklären. „Die Tage mit Hamza haben mir wirklich gut getan. Wir haben gebetet und uns über Gott unterhalten. Wenn man gläubig ist muss man sich auch an die Regeln halten. Aber das tun viele nicht. Im Umfeld von Hamza sind die Frauen alle verschleiert und leben ihr eigenes Leben. Sie sind glücklich ihrem Mann und Allah zu dienen. Es ist wie in einer großen Familie. So möchte ich auch leben."

Meret schaute ihren Mann an „Du möchtest, dass ich einen Schleier trage und alles tue was du sagst? Das ist schön einfach für euch Männer. Aber mit einem Menschen zu leben bedeutet auch seine Meinung zu hören und zu respektieren. Es bedeutet auch mal zu streiten, nur so kann man miteinander wachsen.

Gott hat uns einen eigenen Willen gegeben damit wir genau das tun können. Muslimische Frauen dürfen nichts alleine entscheiden, nicht alleine einkaufen, in manchen Ländern dürfen sie nicht arbeiten oder Auto fahren. Das findest du wirklich gut?"

Ali schüttelte den Kopf „Nein, ich sehe schon, dass ich das mit einer deutschen Frau nicht diskutieren kann. Die muslimischen Frauen sind anders erzogen, für sie ist das normal." Meret war anderer Meinung „Deine Mutter ist auch eine Muslime. Sie ist aber nicht verschleiert und genießt ihr freies Leben in Deutschland. Dein Vater hat sie auch aus diesem Grund hierher gebracht. Er wollte ihr dieses freie Leben ermöglichen.

Und dir!! Weißt du eigentlich, dass du, wenn du in Marokko geboren worden wärest, vielleicht gar nicht leben würdest?" Ali nickte „Ja ich kenne die Geschichte. Ich war ein Frühchen und hier in Deutschland war man medizinisch schon so weit, dass ich überlebt habe."

Meret nahm ihren Mann in den Arm. „Und ich bin Gott oder Allah dankbar, dass es so ist. Dein Vater wollte, dass du ein freies Leben führen kannst. Du hättest studieren können, dir stand und steht die Welt offen. Das hast du nicht in jedem Land!" Ali nahm seine Frau in den Arm. Er küsste sie und kuschelte sich an sie. Meret würde ihn nie verstehen, es hatte keinen Sinn mit ihr über die muslimische Lebensweise zu reden. „Ich glaube wir schlafen jetzt lieber. Gute Nacht Meret mein Schatz." Aber eines wusste er genau. Er liebte diese Frau und seinen Sohn. Aber er liebte nicht dieses Land. Sein Sehnsuchtsland war Marokko.

Ali hatte Hamza versprochen so bald wie möglich wieder für eine Woche zu kommen, aber plötzlich überschlugen sich die Ereignisse. Er musste Hamza immer wieder vertrösten. Dieser war schon richtig ungehalten und überschüttete Ali mit Hohn. Aber was sollte er tun?

Ben ging es zwar wieder besser aber er wollte kürzer treten und übergab sein Taxiunternehmen in Alis Hände. Jetzt war Ali Unternehmer und hatte alle Hände voll zu tun. Die Menschen in seinem Umfeld und auf den Behörden zollten ihm plötzlich Respekt. Das gefiel ihm sehr. Nach einem Freitagsgebet sprach ihn der Imam in der Moschee an. Er machte ihn auf die hohe Arbeitslosigkeit der jungen Muslime aufmerksam. So kam es, dass er zwei junge muslimische Männer beschäftigte und beim Freitagsgebet in der Moschee dankten es ihm deren Väter. Meret und Ben hatten auch nichts dagegen als eine muslimische Frau mit Kopftuch das Büro führen sollte. Sie freuten sich über die gelungene Integration. Auch Hussein war stolz auf seinen Sohn aber ihm gefielen die vielen Anrufe von Hamza nicht.

Hussein besuchte Ali in der Taxizentrale. Er wollte Antworten. Ohne Umschweife kam er sofort zum Thema.

„Was will Hamza von dir? Mein Bruder hat erzählt, dass Hamza radikal geworden ist."

Ali versuchte zu beschwichtigen „Hamza ist nicht radikal, er ist nur streng religiös." Er wollte Hamza verteidigen. „Dein Bruder ist schwach. Er lässt deine Nichte Laila ohne männliche Begleitung nach Amerika zum Studium. Keine Frau in seiner Familie trägt ein Kopftuch. Das gefällt Hamza einfach nicht."

Aber Hussein schüttelt den Kopf „Hamza hat noch nie etwas zu Ende gebracht. Er hat die Schule geschmissen, ist faul und lässt andere für sich arbeiten. Hassan hat ihn aus dem Haus geworfen nachdem er ihn und seine Frau beleidigt hatte. Mein Bruder ist immer noch traurig, dass er mit Hamza gebrochen hat. Aber er konnte Hamza`s Verhalten nicht dulden."

Ali war anderer Meinung „Hamza hat seinen Vater und das Elternhaus verlassen nachdem sein Vater ihn grundlos geschlagen hat." Hussein schlug mit der Faust auf den Tisch.

„Und das glaubst du? Mein Bruder Hassan hat noch nie Jemanden geschlagen. Er ist der friedlichste Mensch den ich kenne. Ali denk nach, hast du deinen Onkel jemals wütend gesehen?" Ali musste zugeben, dass er seinen Onkel immer nur lachend gesehen hatte.

Aber warum sollte Hamza ihn belügen. Hamza war streng gläubig und versäumte nie ein Gebet. Er ging in die Moschee und ließ sich als Imam ausbilden. Er hatte auch schon eine Anhängerschaft. Deshalb meinte Ali

„Vater, ich weiß nicht was die Beiden auseinander brachte aber warum sollte mich Hamza anlügen? Was hätte er davon?"

Hussein holte tief Luft bevor er fragte was er schon lange fragen wollte. „Schickst du ihm Geld?"

Ali war ertappt, er wurde rot und stotterte „Das ist für seine Ausbildung zum Imam. Dein Bruder gibt ihm ja kein Geld mehr!"

Er wollte Hamza verteidigen aber sein Vater war noch empörter als vorher. „Also hat mein Bruder recht. Du hast dich auch von seinen Reden blenden lassen und bist auch noch so dumm und unterstützt ihn. Diesen faulen Kerl!"

Ali wusste nicht was er darauf sagen sollte. „Versprich mir, dass du Hamza kein Geld mehr gibst und den Kontakt zu ihm abbrichst. Sofort!"

Ali hatte seinen Vater noch nie so wütend erlebt. „Gut, gut, wenn es dich beruhigt dann schicke ich ihm kein Geld mehr." Aber Hussein war noch nicht zufrieden. „Ich möchte, dass du den Kontakt zu ihm abbrichst! Das ist mein Ernst!"

Ali versprach es seinem Vater obwohl er noch nicht wusste wie er das Hamza beibringen sollte. Mit Hamza konnte man nicht diskutieren.

Nachdem sein Vater gegangen war schrieb Ali eine Email. Er erklärte Hamza, dass das Taxiunternehmen Schulden hatte und er deshalb kein Geld mehr schicken könne. Er hatte die Hoffnung, dass Hamza ein Einsehen hätte. Aber eine Stunde später kam eine seitenlange Email von Hamza. Er beschimpfte Ali als ungläubigen Jammerlappen und Muttersöhnchen. Er zog ihn auf weil er eine Christin als Frau hatte und sein Sohn getauft war. Ali war tief erschüttert. Er fühlte sich schuldig. Schuldig weil er kein guter Muslim war und weil er für die gute Sache, für die Hamza kämpfte, kein Geld mehr geben sollte.

Er starrte aus dem Fenster und dachte: Was ist aus meinen Träumen geworden? Ich wäre so gerne nach Marokko, in das Land meiner Väter, zurückgegangen. Dort hätte ich eine Muslime geheiratet und ein ruhiges Leben führen können. Aber mit Meret und dem Taxiunternehmen war das nicht zu realisieren. Dann kam noch die Erkenntnis dazu: Ich liebe meine Familie aber ich bin hier nicht glücklich. Ich führe ein Leben das ich gar nicht wollte. Am liebsten würde ich in das nächste Flugzeug steigen und nach Marokko fliegen.

Durch das Klingeln seines Handys wurde er aus seinen Gedanken gerissen. Es war Meret. „Hallo Schatz, wie war dein Tag? Kommst du zum Abendbrot oder musst du noch arbeiten?" Ali antwortete kraftlos „Ja ich komme gleich." Meret spürte, dass Ali traurig war. „Ist etwas passiert? Du klingst so traurig?" Ali nickte „Ich erzähle dir später davon. Bis gleich."

Nach dem Abendessen ging Karim in sein Zimmer. Er musste noch Hausaufgaben machen. Meret sah ihrem Mann an, dass er gedanklich nicht zu Hause war. „Was liegt dir auf dem Herzen?" Sie legte ihre Hand auf seine. Ali erzählte ihr von Husseins Auftritt.

„Wenn ich das richtig verstehe willst du deinem Cousin helfen aber dein Vater und Onkel sind dagegen. Um wie viel Geld handelte es sich eigentlich? Ich meine, das Unternehmen gehört uns beiden und ich würde schon gerne wissen wenn du Geld verschenkst."

Daraufhin schaute Ali seine Frau lange an. Er hatte keine Kraft mehr sich mit ihr auseinander zu setzten. „Ich dachte ich bin der Chef im Unternehmen? Bin ich dir Rechenschaft schuldig?" Meret erwiderte den Blick. „Nicht im Detail, aber wenn du regelmäßig an deinen Cousin Geld überweist, würde ich das gerne wissen. Ja." In Ali wuchs eine Wut und er hatte die Email von Hamza vor seinen Augen. Ein Muslim muss der Herr im Hause sein. Mit letzter Kraft sagte er laut „Dir fehlt es an nichts weil ich fleißig bin. Ich bin der Mann im Haus! Aber trotzdem soll ich mit dir besprechen wenn ich Geld ausgeben will?" Meret blieb ruhig. „Ali ich weiß, dass du fleißig bist und uns ein gutes Leben bietest. Aber es wäre auch schön gewesen wenn du mit mir über die Geldzuwendung gesprochen hättest." Ali war immer noch empört. „Weißt du eigentlich warum ich damals Taxi gefahren bin?" Meret schüttelte den Kopf. Sie ging immer davon aus, dass Ali studieren wollte und sich so das Studium finanzieren wollte. Aber nachdem sie sich verliebt hatten, hatte er seine Meinung geändert.

„Ich wollte Geld verdienen um zu meinem Onkel nach Marokko zu gehen. Als mein Vater erfahren hatte, dass ich nicht studieren will sondern in Marokko leben wollte hat er mir kein Geld mehr gegeben. Ich wollte nicht in Deutschland bleiben. Hier ist alles so kalt und geschäftig. Obwohl ich eine deutsche Staatsbürgerschaft habe fühle ich mich nicht als Deutscher und die Deutschen sehen in mir einen Ausländer. Hier werde ich nicht akzeptiert.

In Marokko wäre es für mich leichter gewesen. Und in Marokko würde keine Ehefrau ihren Mann fragen für was er Geld ausgibt. Da ist der Mann das Oberhaupt der Familie." Er sagte dies mit traurigen Augen.

Meret seufzte, sie hatten immer wieder Diskussionen wegen der Religion und den verschiedenen Ansichten wie man eine Ehe führt und was eine Frau sollte oder darf. Aber dieses Mal spürte sie einen Graben zwischen ihnen. Sie war es leid immer und immer wieder über das Gleiche zu diskutieren. Plötzlich sagte sie ihre Gedanken laut und erschrak selbst darüber. „Ali, es gibt nur zwei Möglichkeiten. Entweder du akzeptierst unser Leben so wie es ist. Oder.."

Sie sprach nicht weiter. Ali fragte „Oder? Oder was?"

Meret sah ihn mit Tränen in den Augen an.

„Oder wir sollten über eine Trennung nachdenken."

Ali erschrak bei diesem Wort. Aber auch er hatte schon oft darüber nachgedacht. Er liebte Meret, aber er wollte immer eine muslimische Frau. Er dachte, dass sein Leben dann viel einfacher wäre.

Deshalb antwortete er „Ja, ich glaube das ist der einzige Weg." Meret war erschüttert. „Meinst du das wirklich?" Ali nickte müde „Meret, ich liebe dich und Karim aber ich möchte dieses Leben hier nicht mehr führen. Zahle mich aus, dann gehe ich nach Marokko."

Nachdem er dies ausgesprochen hatte ging es ihm besser. Er war sich jetzt sicher, dass er das richtige tat. „Ich werde, bis alles geregelt ist, im Büro schlafen. Karim kann ja tagsüber vorbeikommen." Meret fragte „Sagst du es Karim?" Aber Ali stand schon auf. „Nein, das kannst du besser. Ich sage ihm noch gute Nacht."

Als er gegangen war kam Karim aus seinem Zimmer. „Warum geht Papa nochmal weg?" Er sah die Tränen seiner Mutter und ahnte, dass es etwas mit seinem Vater zu tun hatte. Meret nahm ihn in den Arm und erzählte Karim stockend was vorgefallen war. Sie erklärte ihm, dass sein Vater ihn liebte aber mit dem

Leben in Deutschland nicht zurechtkam. Sie erzählte ihm von den Träumen seines Vaters.

„Weißt du mein Schatz, dein Vater ist hier in Deutschland einfach nicht glücklich. Und ich kann mir ein Leben in Marokko nicht vorstellen. Es tut mir sehr leid aber Papa und ich trennen uns. Papa will in Marokko leben." Karim verstand. Er war für sein Alter ein ernstes und sehr emphatisches Kind. Aber ihm tat auch sein Herz weh. „Nachdem Papa aus Marokko kam hat er sich verändert. Er war oft wütend auf mich. Ich dachte die ganze Zeit es liege an mir." Meret streichelte ihren Sohn. „Dich trifft keine Schuld. Niemand hat Schuld. Er war damals auf dem Weg nach Marokko als er mich kennen lernte. Ich hätte ihn einfach ziehen lassen sollen. Aber dann wärest du nicht da und du bist das Beste in meinem Leben." Meret und Karim hielten sich fest und trösteten sich gegenseitig.

Am nächsten Morgen informierte Meret ihre Eltern und den Anwalt der Familie. Da sich Meret und Ali einig waren konnte die Scheidung in kürzester Zeit über die Bühne gehen.

Der Steuerberater sagte ihr, dass das Taxiunternehmen über ein großes Guthaben verfügte. Meret wollte Ali eine gute Zukunft in Marokko bieten und war großzügig. Sie besprach mit ihrem Anwalt die Trennung und die Auszahlung. Nachmittags kamen Hussein und Sarin. Sarin weinte als Meret die Tür öffnete und Hussein war außer sich.

„Daran ist nur Hamza Schuld. Er hat ihn mit seinen Reden eingewickelt und ihn auf einen falschen Weg gebracht. Ich habe schon mit meinem Bruder telefoniert. Er versprach auf Ali aufzupassen wenn er in Marokko ist. Meret es tut mir so leid. Wie geht es Karim?" Meret erzählte wie Karim darauf reagierte und dass sie nun einen Geschäftsführer für das Taxiunternehmen suchen musste. Sie war immer noch aufgewühlt und weinte dauernd. „Sarin, Hussein, was hätte ich tun können? Ich kann mir ein Leben ohne Ali nicht vorstellen. Aber ich kann mir ein Leben in Marokko auch nicht vorstellen."

Sarin und Hussein verstanden sie gut. Sie sagten ihr, dass sie weiter für Karim und sie da sein würden. Ihre Gefühle für sie und Karim würden sich durch die Trennung nicht ändern. „Bitte Meret, schließe uns aus deinem Leben nicht aus. Wenn wir schon unseren Sohn verlieren dann nicht auch noch unseren Enkel." Meret umarmte Sarin und Hussein und versprach, dass sich zwischen ihnen nichts ändern wird. Im Gegenteil. „Ich brauche eure Unterstützung und Karim braucht seine Großeltern."

Sechs Wochen später unterschrieben Ali und Meret die Scheidungspapiere. Ali verzichtete auf das Sorgerecht für Karim weil er im Ausland leben würde. Meret war großzügig und überließ Ali eine große Summe Geld. Sie wollte, dass er einen guten Start in Marokko hatte. Sie hatte die Hoffnung, dass er vielleicht doch nicht in Marokko zurechtkäme und wieder zurück kommt.

Während der letzten Wochen sprach Ali immer wieder mit Karim und Meret. Er erklärte ihnen warum er gehen musste. Karim versuchte seinen Vater zu verstehen aber er würde ihm auch sehr fehlen. Ali hätte Karim mitgenommen aber Karim wollte bei seiner Mutter in Deutschland bleiben. Das respektierte Ali und er machte ihm auch keine Vorwürfe. Nach dem Notar Termin brachte Meret Ali zum Flughafen. Ben und Ursula kamen mit Karim um sich zu verabschieden. Ali brachte keinen Ton heraus. Er umarmte alle und ging dann ohne sich umzudrehen zum Ausgang.

Da rief jemand: Ali, Ali mein Sohn!" Es waren Sarin und Hussein. Obwohl sie nicht mit Alis Entscheidung einverstanden waren wollten sie ihren Sohn nicht ohne Abschied fliegen zu lassen. Ali kam zurück und umarmte seine Eltern. „Es tut mir leid. Bitte verzeiht mir." Dann ging er endgültig. Karim weinte lautlos und hielt die Hand seiner Mutter. Meret wollte stark sein und sagte „Ich hoffe er findet wonach er sucht." Sie ahnten nicht, dass sie ihn nie wieder sehen würden.

Die erste Zeit ohne Ali war schwer. Karim weinte oft und schlief bei seiner Mutter im Schlafzimmer. Tagsüber suchte sie nach einem Geschäftsführer. Aber es war kein Bewerber dabei dem sie wirklich vertraute. So kam es, dass Ben ihr die Buchhaltung lehrte und zeigte was sie wissen musste um selbst die Geschäftsführung zu übernehmen. Karim kam nun mittags direkt von der Schule zu Ben und Ursula. Meret nahm sich eine Stunde Mittagspause, so dass sie zusammen essen konnten. Dann ging Meret wieder ins Büro und Karim erledigte bei seinen Großeltern die Hausaufgaben. Abends fuhren sie gemeinsam nach Hause.

Manchmal rief Ali unvermittelt an und sprach dann lange mit Karim. Mit Meret wollte er nicht sprechen aber er ließ sie immer grüßen. Nur durch Karim erfuhr sie wie es ihm in Marokko ging. Ali erzählte von einer Ausbildung, von Freiheit im Glauben und dem Glück in Marokko zu sein. Es schien so als ob Ali glücklich wäre. Karim freute sich immer wenn Ali sich meldete und nach einiger Zeit war es einfach „normal", dass er mit seinem Vater nur über Skype reden konnte.

Karim sagte manchmal zu Meret. „Seit Papa in Marokko ist, ist er viel freundlicher und nimmt mehr an meinem Leben teil. Er will jetzt genau wissen was ich in der Schule mache und mit wem ich spiele. Ich fühle mich ihm näher als vorher. Ist das nicht komisch?"

Meret lächelte „Manchmal ist das so im Leben. Es freut mich, dass es deinem Vater jetzt besser geht." Sie hatte oft Sehnsucht nach Ali aber sie hatte auch ein ruhigeres Leben als vorher. Keine Vorwürfe oder Rechtfertigungen mehr. Sie war wieder frei und das tat ihr gut.

Ein paar Monate später traf Meret bei einem Klassentreffen ihre Jugendliebe Markus wieder. Sie verstanden sich vom ersten Au-

genblick an wieder gut und stellten fest, dass sie viele Gemeinsamkeiten hatten. Sie verliebten sich wieder und glücklicherweise war auch Markus gerade frei. Seine Scheidung lag schon
ein Jahr zurück und er konnte sein Glück nicht fassen. Da er in
Hamburg wohnte kam er nun jedes Wochenende nach Berlin-
Neukölln. Er verstand sich auch auf Anhieb mit Karim und Merets Eltern gut. Karim war froh, dass seine Mutter nicht mehr so
oft weinte und wieder lachen konnte. Dann fragte Meret ob Karim sich vorstellen konnte, dass Markus zu ihnen nach Neukölln
zieht. Karim war einverstanden, denn Markus war ihm ein guter
Freund geworden. Er mochte Markus wirklich sehr. Nach dem
Umzug stellte Meret Markus ihren ehemaligen Schwiegereltern
vor. Sie lud Hussein und Sarin zum Essen ein. Markus hatte etwas Lampenfieber aber Karim beruhigte ihn. „Markus, wenn
wir dich mögen, dann hast du vor Opa nichts zu befürchten. Er
will nur, dass Mama und ich glücklich sind."

So war es auch. Hussein und Sarin fanden Markus sehr sympathisch und am Ende des Abends duzten sich alle. Hussein drückte Meret beim Abschied „Ich bin froh, dass du einen guten Mann
gefunden hast. Er ist Karim ein guter Freund das merkt man."

Dann zog er sie ein bisschen in den Hausflur „Hast du in letzter
Zeit etwas von Ali gehört?" Meret schüttelte den Kopf. „Nein, er
hat sich seit vier Wochen nicht mehr gemeldet. Karim macht sich
auch schon Sorgen. Sein Handy ist aus und eine Adresse kennen
wir nicht. Ruf doch bitte deinen Bruder an?" Hussein versprach
es und Sarin weinte ein bisschen. „Ich verstehe immer noch nicht
warum mein Sohn ein Leben in Marokko dem diesen vorzieht.
Es macht mich oft so traurig. Aber ich freue mich für dich Meret.
Markus ist ein guter Mann. Unseren Segen hast du." So bekam
Markus nicht nur Merets Eltern als Schwiegereltern sondern
auch noch Alis Eltern. Karim fand es toll, durch Markus Eltern
hatte er plötzlich drei Großeltern-Paare und viele Geschenke zu
seinem Geburtstag.

Ali meldete sich im Laufe des nächsten Jahres immer weniger. Zwischen den Anrufen lagen oft vier oder sechs Wochen. Karim nahm es hin. Er bemerkte zwar, dass Ali sich veränderte aber solange er ihn lächeln sah, glaubte er, sein Vater sei in Marokko glücklich. Mit Markus im Leben änderte sich für Karim vieles zum Vorteil. Markus übernahm die Geschäftsführung des Taxiunternehmens. Jetzt war Meret wieder zu Hause und konnte ihre Männer kulinarisch verwöhnen. Endlich durfte Meret zusammen mit Markus zu Karims Fußballspielen gehen und ihn lautstark anfeuern. Markus trank mit den anderen Vätern Bier und Meret verkaufte mit den anderen Müttern Kuchen und Kaffee. Karim war glücklich. Endlich hatte er eine „normale" Familie. Sie fühlten sich zusammen wohl und jeder konnte sehen, dass sie sich gut verstanden. Karim vermisste seinen Vater immer weniger und an manchen Tagen dachte er gar nicht mehr an ihn. Seit sein Vater nach Marokko gegangen war gab es keinen Streit mehr im Haus. Mit Markus konnte man nicht streiten, er war ein gutmütiger und freundlicher Mann. Er half Karim bei den Hausaufgaben, ging mit Meret einkaufen und hatte immer gute Laune. Als Meret und Markus heirateten wollte Karim den Nachnahmen von Markus annehmen. Karim war stolz auf seinen Stiefvater den alle mochten und respektierten. Er wollte endlich zu einer normalen Familie gehören.

Beim nächsten Anruf fragte Karim seinen Vater ob er damit einverstanden wäre wenn er den Nachnahmen von Markus annehmen würde. Karim versicherte ihm, dass Markus ein „toller Bursche" sei und immer mit auf den Fußballplatz ging. Ali war zwar etwas enttäuscht, aber da er die Familie verlassen hatte und Karim mit Markus und Meret glücklich war, stimmte er der Namensänderung zu. Bevor sich Karim von seinem Vater verabschiedete, versicherte er ihm. „Papa, du wirst immer mein Papa sein. Ich liebe dich." Ali lächelte ihm zu „Mein Sohn auch ich liebe dich aufrichtig. Es ist gut wenn du und deine Mama glücklich seid." Karim fragte „Papa, bist du auch glücklich? Ist es so wie du es dir vorgestellt hast?" Ali nickte „Ich bin unter gläubigen Muslimen und arbeite für eine gute Sache."

Karim wollte glauben, dass es ihm gut ging aber Ali sah krank aus. „Du bist so dünn geworden und dein Bart wird immer länger." Ali schüttelte den Kopf „Hier schau mein Junge" er zog den Ärmel seines Hemdes hoch „alles Muskeln. Ich trainiere täglich um stark zu sein und mein Bart ist ein Zeichen der Religion. Gefällt er dir nicht?" Karim meinte „Ohne Bart hast du wirklich besser ausgesehen aber die Muskeln sind cool." Und wieder ging eine Skype-Stunde viel zu schnell vorbei und sie winkten sich zu bevor der Bildschirm schwarz wurde.

Beim Abendessen berichtete Karim was er mit seinem Vater alles besprochen hatte. „Mama, Papa ist ganz schön dünn geworden und sein Bart ist sooo lang" er zeigte mit seiner Hand auf den Bauchnabel. Meret lachte „Das glaube ich nicht, doch nicht bis zum Bauchnabel." Über Ali wurde selbstverständlich geredet als ob er ein entfernter Onkel wäre und manchmal dachte Karim, dass es auch so war. Nur wenn er ihn auf seinem Laptop per Skype sah, dann empfand er jedes Mal ein tiefes Gefühl für diesen Mann der einmal sein Vater war. Aber durch Markus liebevolle Präsenz vermisste er seinen Vater nicht mehr. Und Mama war so glücklich wie nie zuvor. Nur Hussein wollte immer alles genau von Karim erfahren wenn er mit seinem Vater Kontakt hatte. Er konnte immer noch nicht über Ali reden ohne Tränen in den Augen zu haben. Hussein und Sarin vermissten ihren Sohn sehr aber sie akzeptierten, dass er sein eigenes Leben in Marokko leben wollte.

Ein paar Wochen später als Karim wieder mit Ali per Skype redete war sein Vater sehr ernst. Er lächelte kein einziges Mal. Karim fragte

„Papa, bist du krank? Du machst so einen traurigen Eindruck?"

Ali erklärte, dass er sich von Karim verabschieden musste weil er eine ganz lange Reise machen würde. Und dort wo er hin gehe gäbe es keine Computer und kein Handy.

„Karim, du musst jetzt tapfer sein. Ich kann dort nicht mehr mit dir telefonieren. Wir gehen in die Berge und leben dort wie vor 100 Jahren. Nur so kann ich Gott nahe sein und das ist mein innigster Wunsch. Kannst du das verstehen?"

Karim verstand seinen Vater nicht aber was hätte er tun können?

„Ich werde dich nie wieder sehen oder sprechen?"

Ali schüttelte den Kopf.

Karim weinte „Papa, bitte erinnere dich immer daran, dass ich dich liebe. Wenn du Gott nicht findest, dann kommst du zurück, ja? Opa und Oma vermissen dich auch."

Ali atmete tief durch „Ich weiß aber sie verstehen mich nicht. Sag ihnen, dass ich sie liebe. - Karim, versprich mir, dass du in deinem Leben nur das tust was du wirklich willst. Tu nie etwas wovon du nicht überzeugt bist und hör immer auf dein Herz.

Ich liebe dich mein Sohn. Lebe wohl." Dann war der Bildschirm schwarz und Karim rannte zu seiner Mutter.

„Mama, Mama! Papa hat sich für immer verabschiedet, er sagt er geht in die Berge um Gott nahe zu sein. Dort gibt es keine Handys und keine Computer. Wir haben uns eben für immer verabschiedet."

Meret war zutiefst erschrocken und versuchte an Karims Computer Ali zu erreichen. Aber der Bildschirm blieb schwarz. Dann rief sie Hussein und Sarin an um ihnen von Alis Abschied zu erzählen. Sie kamen gleich vorbei und Karim wiederholte was Ali gesagt hatte. Am Ende saßen sie alle zusammen und weinten.

Erst Markus, der spät vom Büro nach Hause kam, konnte Meret und Karim beruhigen. „Es gibt viele Menschen die auf eine Pilgerreise gehen und dort meditieren. Vielleicht kommt er nach ein paar Monaten oder Jahre wieder zurück. Wir wollen einfach das Beste hoffen." Er tröstet auch Hussein und Sarin, für die Markus mittlerweile wie ein Sohn war.

Karim brauchte ein paar Wochen um den endgültigen Abschied von seinem Vater zu verstehen. Meret und Markus sprachen jeden Abend mit Karim und nahmen ihm die Last der Trauer. Auch sein Freund Tibor war der Meinung, dass Ali eines Tages wieder auftauchen würde. Karim hatte die Hoffnung, dass sich sein Vater nach der Pilgerreise wieder melden würde. In seinem Zimmer hatte er Bilder von Ali und er betete jeden Abend zu Gott, dass er auf seinen Vater aufpassen sollte.

Zwei Monate später hatte Markus Karten für das Fußballspiel Hertha BSC gegen Bayern München. Alle, wirklich alle Fußballfans wollten da hin. Er hatte fünf Karten für die VIP Lounge besorgt und machte damit nicht nur Meret und Karim glücklich. Auch Karims Freund Tibor durfte mit sowie Hussein, der seit Alis Weggang so oft wie möglich mit Karim zum Fußballspielen ging. Er wurde ein richtiger Fußballfan.

Sie freuten sich auf das Spiel und gingen früh los. Zuerst mit der Straßenbahn und dann noch durch den Park. Karim und Tibor waren richtig aufgeregt. Meret ging mit Markus Hand in Hand voraus und Hussein hatte Tibor an der linken und Karim an der rechten Hand.

Sie sahen den Krankenwagen nicht, der gerade an ihnen vorbeifuhr und durch den Hintereingang in das Stadion wollte. Ali saß in diesem Krankenwagen. Als er aus dem Fenster schaute sah er Karim an der Hand seines Vaters.

Damit hatte er nicht gerechnet.

Sein Herz zog sich zusammen und er hatte Angst um die Beiden.

Er sagte erschrocken „Wir müssen unser Vorhaben abbrechen! Hier sind auch Kinder!"

Hamza schaute ihn verächtlich an und spukte vor ihm aus.

„Das sind die Ungläubigen von morgen! Sei still und konzentrier dich jetzt!"

Ali sah in seinem inneren Auge Karim als Baby, er spürte die Freude die er hatte wenn er an ihn dachte. Er hörte Karim zum Abschied sagen „Papa ich liebe dich".

Er sah Karim die ersten Schritte tun und er spürte die letzte Umarmung seines Sohnes. Dann sah er seinen gutmütigen Vater mit wie viel Geduld er Karim das Fahrrad fahren beigebracht hatte und er sah seine Mutter die für Karim strickte und sein Lieblingsessen kochte. Er spürte die Liebe in seiner Brust für diese seine Familie. Nie hätte er ihnen etwas antun können. Und er spürte, dass Hamza nicht von seinem Vorhaben abzubringen wäre, nicht einmal wenn sein Sohn und sein Vater unter den Opfern wären.

Ali und die anderen hatten Sprengstoffgürtel um die Taille und Maschinengewehre in der Hand. Ali wurde erst jetzt klar was es bedeutete Menschen wegen ihrer Religion zu töten. Viel zu spät wurde ihm klar was wirklich wichtig ist im Leben.

Es ist die Liebe.

Es war ein Fehler auf Hamza zu hören. Sie alle wurden nur benutzt. Er drehte sich noch einmal um und sah wie Hussein Karim über den Kopf strich und er sah die Liebe die diese beiden Menschen verband.

Ali hatte Tränen in den Augen. Er weinte um seine Familie die er über alles liebte.

Er war jetzt ganz klar und wusste was er tun würde. Er musste seine Familie beschützen!

Ganz langsam schob sich seine Hand in Richtung Bauch. Er ließ die anderen nicht aus den Augen. Dann war es soweit. Bevor der Krankenwagen ins Stadion fuhr zog er den Auslöser seines Sprengstoffgürtels!

Die Menschen am Eingang zum Stadion hörten eine sehr laute Explosion. Niemand wusste was geschehen war. Aber nachdem es keine weiteren Explosionen gab wurden die Menschen wieder ruhig und gingen weiter. Man hörte zwar die Sirenen der Polizei und Feuerwagen aber dann war es still. Die Polizei sagte später, dass sie ein Chaos vermeiden wollte und sie lange nicht wussten was wirklich geschehen war. Das Spiel begann eine halbe Stunde später, wegen eines Unfalls mit einem Krankenwagen, und

Hertha BSC gewann mit 3:1 gegen die Bayern. Im Stadion war die Hölle los und Karim feierte mit seinem Freund und seiner Familie ausgelassen.

Erst in den Nachrichten erfuhren die Menschen, dass sie großes Glück hatten. Nur durch ein Wunder war ein Anschlag von Terroristen am Stadion fehlgeschlagen. Es wurde vermutet, dass ein Sprengstoffgürtel defekt war und sich die Terroristen aus Versehen selbst in die Luft gesprengt hatten. Außer den Terroristen selbst wurde niemand verletzt oder getötet. Meret und Markus schauten sich alle Nachrichten an. Sie waren geschockt als sie realisierten, was die Explosion ausgelöst hatte.

Nicht alle Terroristen konnten identifiziert werden, weil die Detonation die Körper zerfetzte.

Karim hat nie erfahren, dass die Liebe seines Vaters so vielen Menschen das Leben gerettet hatte.

Wenn Karim heute an seinen Vater denkt, dann sieht er ihn im Schneidersitz mit einem Lächeln im Gesicht. So hat er ihn in Erinnerung. Ein gläubiger Muslim der sich von der Welt abwandte und in die Berge ging um Gott zu finden.

Ich kann dir nicht verzeihen

Bevor Melanie ins Bett ging sah sie noch bei ihrem Vater im Schlafzimmer vorbei. Ihr Vater war sehr krank und so schwach, dass Melanie näher an seinen Mund kommen musste um zu hören was er sagte. „Mein Schatz ich bin so müde deshalb gibt mir Mami jetzt ein Schlafmittel und dann habe ich Ruhe." Er schaute seine Tochter mit glänzenden Augen an und drückt sie sanft. Mit der anderen Hand hielt er die Hand seine Frau Theresa. Auch sie hatte glänzende Augen. Er sagte feierlich „Melanie ich liebe dich über alles. Du bist mein Sonnenschein. Schlaf gut meine Schöne." Melanie drückte und küsste ihren Vater. „Schlaf gut Papi. Gute Nacht Mami, deckst du mich noch zu?" Ihre Mutter nickte. „Ich komme gleich mein Schatz." Melanie wurde es schwer ums Herz, jeden Abend sagte ihr Vater, dass er sie über alles liebt, aber an diesem Abend war es irgendwie anders. Sie hatte Angst um ihren Vater. Er hatte seit einem Jahr Knochenkrebs und es wurde immer schlimmer. Melanies Mutter war eine bekannte Onkologin und hatte Zugriff zu wirklich guten Medikamenten. Warum halfen die Medikamente nicht endlich, fragte sich Melanie. Sie putzte sich die Zähne und ging ins Bett.

Nach zehn Minuten kam ihre Mutter. „Schlaf gut mein Schatz und träum was Schönes." Das sagte sie auch jeden Abend. „Mami, wann wird Papa wieder gesund? Warum helfen die Medikamente nicht?" Theresa streichelte ihr über das Haar. „Ach mein Liebling, es gibt so viele verschiedene Krebsarten und Krankheitsverläufe. Man kann vorher nicht immer genau sagen wann etwas hilft und ob es überhaupt hilft. Dein Vater ist sehr, sehr krank. Ich tue was ich kann, aber der Krebs ist mir immer einen Schritt voraus."

Sie sah müde aus und auch hoffnungslos. Melanie nahm sie fest in den Arm. „Mami du musst alles tun, dass Papa wieder gesund wird, ich brauche ihn."

Theresa drückte Melanie fest an sich. „Ich kann dir leider nicht versprechen, dass Papa wieder gesund wird. Dieser Krebs ist wirklich ein Teufel." Da musste Melanie weinen und Theresa tröstete sie. „So meine Kleine, du musst jetzt schlafen und ich schaue wieder nach Papa." Melanie versuchte zu schlafen, aber es wollte einfach nicht gelingen. Da beschloss sie noch einmal nach ihrem Vater zu sehen. Als sie vor der Schlafzimmertür stand hört sie ihren Vater sagen:

„Bitte Theresa, du musst mir helfen. Bitte, hilf mir - Hilf mir"

Es war leise, aber sie konnte es deutlich hören. Bevor sie die Tür aufmachen wollte schaute sie durch das Schlüsselloch und sah wie Theresa ihrem Mann eine Spritze gab. Mami weinte und hielt dann seine Hand. Sie streichelte ihn und weinte. Ihr Vater sagte dann nichts mehr. Melanie wollte ihren Vater jetzt nicht mehr stören weil sie dachte, dass er eingeschlafen war. So ging sie wieder in ihr Bett.

Obwohl es Samstag war kam ihre Mutter schon um 8°° Uhr herein und weckte Melanie. Theresa hatte rote Augen und Melanie spürte gleich, dass etwas nicht stimmte. „Ist etwas mit Papa?"

Theresa wollte sie gerade in den Arm nehmen als Melanie mit einem Satz aus dem Bett war und zum Schlafzimmer ihres Vaters rannte. Theresa war nicht schnell genug um sie zurück zu-halten und so stand Melanie schon vor ihrem toten Vater und schrie ihn an er solle die Augen aufmachen.

„Papa, Papa bitte sag etwas, Papa du darfst nicht sterben. Nein, das darf nicht sein. Neeiiiinnn!!!!!"

Immer wieder schüttelte sie den leblosen Körper ihres Vaters und weinte und schrie zugleich. Theresa versuchte sie in den

Arm zu nehmen um sie zu beruhigen, aber Melanie boxte sie weg und lies sich nicht beruhigen.

Erst Großvater Gerd, der Vater ihrer Mutter, zog Melanie vorsichtig ins Wohnzimmer. Dort nahm er sie in den Arm und lies sie weinen. Theresa kam hinzu und wollte Melanie streicheln aber diese schaute sie mit weit aufgerissenen Augen an und schrie:

„Du hast ihn umgebracht! Ich habe es genau gesehen. Gestern Abend! Er hat gesagt, du sollst ihm helfen und du hast ihm eine Spritze gegeben und dann war er tot! Opa ich sage die Wahrheit, du musst mir glauben. Mami hat ihn umgebracht!"

Sie schrie es immer und immer wieder. Opa Gerd hielt sie weiterhin fest und redete beruhigend auf sie ein. „Melanie, deine Mutter hat ihm lediglich ein Beruhigungsmittel gegeben damit er schlafen kann. Der Krebs war einfach stärker. Sie hat Paul sehr geliebt. Du bringst da etwas ganz durcheinander. Deinem Vater konnte man nicht mehr helfen, die Metastasen waren überall. Er hatte nur noch Schmerzen und konnte auch nichts mehr essen. Wir haben dir nicht die Wahrheit gesagt um dich zu schonen."

Als sich Melanie beruhigte und keine Tränen mehr hatte schaute sie ihrem Opa lange in die Augen und sagte

„Du kannst mir erzählen was du willst, ich habe gesehen, dass sie ihn umgebracht hat."

Der Großvater war sehr empört. „Melanie das ist nicht wahr und ich möchte nicht, dass du das über deine Mutter sagst. Haben wir uns verstanden!" Melanie nickte und ging in ihr Zimmer.

Theresa ging ihr nach und setzt sich auf die Bettkante. „Melanie, ich weiß dass das heute ein Schock für dich ist. Aber bitte glaube mir, ich konnte ihn nicht retten, der Krebs war stärker. Ich habe deinen Vater geliebt und bin erschüttert, dass ich ihm nicht helfen konnte." Sie streichelte Melanie über den Rücken aber sie drehte sich nicht um. Theresa versuchte es immer wieder. „Melanie bitte schau mich an, ich bin dir nicht böse, dass du das gesagt hast. Wir müssen jetzt ohne Papa weiterleben. Das wird nicht einfach sein, aber wir haben uns und ich liebe dich sehr."

Aber Melanie reagierte nicht. Theresa dachte, dass Melanie erst einmal zur Ruhe kommen sollte. „Melanie ich bin mit Opa im Wohnzimmer, wir müssen einige Anrufe machen, Oma Inge kommt gleich zu dir. Ja?" Als sie keine Antwort bekam stand sie seufzend auf und ging zu ihrem Vater. Sie informierten Pauls Eltern und Freunde, riefen den Bestatter an und trösteten sich gegenseitig. Theresas Vater verstand was seine Tochter gerade mitmachte, er hatte vor zehn Jahren seine Frau beerdigt. Pauls Eltern wohnten nur ein paar Häuser entfernt und kamen sofort vorbei. Sie umarmten sich alle gegenseitig und weinten.

Als Pauls Eltern am Bett ihres einzigen Kindes saßen und ihn streichelten kam Melanie hereingerannt. Sie stürzte sich auf die geliebten Großeltern und weinte.

„Mami hat ihn umgebracht!"

Pauls Eltern wollten Melanie beruhigen. „Melanie, deine Mutter hat ihm nur eine Beruhigungsspritze gegeben, das hat sie jeden Abend gemacht. Weißt du, dein Vater hatte starke Schmerzen und die Spritze tat ihm immer gut." Aber Melanie blieb dabei, sie ließ sich nicht davon abbringen. Opa Gerd, der Vater ihrer Mutter, wollte mit ihr spazieren gehen, aber sie wollte lieber bei Opa Fritz und Oma Inge, der Eltern von ihrem Vater, bleiben.

Nachdem sich Pauls Eltern von ihrem Sohn verabschiedet hatten wollten sie wieder nach Hause gehen. Melanie wollte unbedingt mit. Sie ging zu ihrer Mutter. „Mami ich möchte heute bei Opa und Oma bleiben und auch übernachten. Geht das?"

Theresa weinte immer noch. „Natürlich mein Schatz, wenn du das möchtest. Ruf mich an wenn du es dir anders überlegst, dann hole ich dich." Als sie Melanie umarmen wollte drehte sie sich schnell weg und ging in ihr Zimmer um ein paar Sachen ein zupacken. Theresa dachte, dass jedes Kind anders auf den Tod eines Elternteils reagiert und dass sie ihrer Tochter Zeit geben musste. Sie ahnte in diesem Moment nicht, dass es viele Jahre sein würden.

Am Sonntagabend stand Opa Fritz vor der Haustür und wollte die Schulsachen von Melanie holen sowie ein paar frische Kleider. „Theresa, lass sie ein paar Tage bei uns bleiben bis sie sich wieder gefangen hat. Sie fühlt sich in unserem Haus ihrem Vater näher." Theresa stimmte zu auch wenn ihr das Herz weh tat. „Oh Fritz, wieso konnte ich ihm nicht helfen?" Fritz umarmte sie und tröstete sie. „Theresa, du weißt so gut wie ich, dass ihm keiner hätte helfen können. Ich habe alle ehemaligen Studienkollegen angerufen und um einen Rat gefragt, aber jeder sagte das Gleiche. Wir haben alles getan was wir konnten. Du hast alles getan was du konntest. Du musst jetzt stark sein auch für Melanie."

Fritz war auch Arzt, er hatte eine Praxis für Allgemeinmedizin, die er vor ein paar Jahren an einen jüngeren Nachfolger abgegeben hatte. Paul selbst war Kardiologe gewesen, sie hatten sich während des Studiums kennen gelernt und sind zusammen geblieben. Theresa hatte sich schon immer für die Onkologie interessiert, auch, weil verschiedene Verwandte an Krebs gestorben waren. Paul fand das Herz faszinierend. Zusammen waren sie ein gutes Team und Melanie hatte ihr Glück perfekt gemacht. Oma Inge und Opa Fritz zogen die kleine Melanie groß, damit ihre Eltern arbeiten konnten. Deshalb fühlte sich Melanie bei den Großeltern auch wie zu Hause.

Theresa gab ihm die Kleidung. „Fritz, ich werde in der Schule anrufen und Melanie entschuldigen. Ich glaube ein bisschen Abstand tut ihr gut."

Fritz fand das auch eine gute Idee und ging nach Hause. Fritz und Inge sprachen den ganzen Abend immer wieder mit Melanie um ihr zu erklären, dass Theresa alles richtig gemacht hatte. Sie nickte immer und sagte auch, dass sie es verstanden hätte.

Aber in ihrem Herzen war ein großes Loch. Sie hatte ihre Mutter herausgerissen. Sie machte ihre Mutter für den Tod des Vaters verantwortlich. So konnte sie besser mit dem Schmerz leben.

Auch nach zwei Tagen war Melanie immer noch nicht zu bewegen wieder nach Hause zu gehen. Theresa kam zu den Großeltern. „Melanie, ich möchte, dass du wieder nach Hause kommst. Ich weiß, dass es nicht einfach ist für dich. Die Trauer braucht Zeit. Lass uns gemeinsam trauern." Aber Melanie weigerte sich. „Ich möchte bei Oma und Opa bleiben. Bitte Mami, hier bin ich Papa so nah. Ich möchte nicht in das Haus in dem mein Vater gestorben ist." Theresa war verzweifelt. Sollte sie das Haus verkaufen? Das konnte sie jetzt noch nicht. Sie gab auf und hoffte, dass Melanie mit der Zeit wieder zugänglich werden würde.

Nach ein paar Tagen ging Melanie wieder zur Schule und Theresa nahm ihre Arbeit in der Klinik wieder auf. Aber es stand ihnen noch der schlimmste Tag bevor. Die Beerdigung. Theresa war schon da als Melanie mit den Großeltern kam. Der Sarg stand mitten in einem Blumenmeer. Theresa weinte ohne Unterbrechung und Melanie hielt sich an Opa Fritz fest. Auch hier ließ sich Melanie nicht von ihrer Mutter in den Arm nehmen. Sie saß zwischen Opa Fritz und Oma Inge. Es war eine große Beerdigung, denn Paul war sehr beliebt in der Stadt.

Als der Pfarrer sagte, dass der Herrgott Paul von seinem Leiden erlöste und ihn zu sich genommen hat, sagte Melanie so laut sie konnte „Das ist nicht wahr! Meine Mutter hat ihn umgebracht!"

Opa Fritz sagte entsetzt „Melanie! Du weißt gar nicht was du da sagst!" Dann aber packte er sie am Arm und zog sie aus der Einsegnungshalle hinaus.

Er war außer sich und schrie sie an „Melanie ich habe viel Verständnis für deinen Schmerz, aber das ist die Höhe. Ich habe dir immer wieder erklärt, dass deinem Vater nicht zu helfen war. Ich bin auch Arzt! Oder glaubst du mir auch nicht? Glaubst du ich hätte zu gesehen, dass mein Sohn umgebracht wird?" Als Melani sah wie sehr sie ihren Opa aufgeregt hatte, entschuldigte sie sich bei ihm.

„Es tut mir leid Opa. Aber sie hat ihm abends eine Spritze gegeben und morgens war er tot! Ich habe es doch gesehen."

Sie wurde immer leiser. Opa Fritz erklärte ihr nochmal, dass es eine Beruhigungsspritze war und dass er selbst die Ampullen besorgt hatte. „Du wirst dich jetzt bei deiner Mutter entschuldigen und zwar vor aller Augen."

Melanie ließ sich von Opa Fritz wieder in die Einsegnungshalle bringen. Sie ging zu ihrer Mutter und sagte „Es tut mir leid." Theresa stand auf und drückte ihre Tochter an sich. „Ach mein Schatz, ich weiß wie schwer das für dich ist." Dann löste sich Melanie von ihrer Mutter und setzte sich wieder zwischen ihre Großeltern.

Nach der Trauerfeier trafen sich die Verwandten in Theresas Haus. Die Haushälterin versorgte die Gäste. Als Theresa Melanie fragte ob sie zu Hause schlafen wollte schüttelte sie den Kopf. Sie wollte noch ein paar Tage bei den Großeltern bleiben.

Doch nach einer weiteren Woche war Melanie immer noch nicht zu überreden wieder nach Hause zu gehen. Theresa gab nach einer längeren Besprechung mit Pauls Eltern nach und sie beschlossen gemeinsam, dass Melanie vorerst bei den Großeltern leben würde. Nach und nach wechselten die persönlichen Dinge von Melanie das Haus. Zum Schluss wurde das komplette Kinderzimmer in das Haus der Großeltern gebracht.

Theresa kam oft zu Besuch und hier im Kreise ihrer Großeltern blühte Melanie wieder auf. Aber immer wenn Theresa oder die

Großeltern meinten, dass Melanie wieder zu ihrer Mutter ziehen sollte, weigerte sie sich. So kam es, dass Melanie bis zu ihrem Abitur bei den Großeltern lebte.

Theresa bekam keinen Zugang mehr zu Melanie und mit der Zeit sah sie ein, dass sie damit leben musste. Theresa verbrachte die größte Zeit ihres jetzigen Lebens in der Klinik. Wenn sie einem Menschen, besonders einem Kind, das Leben retten konnte vergaß sie ihr eigenes Leid. Sie qualifizierte sich immer weiter und eines Tages bekam sie eine Chefarzt-Stelle in Berlin angeboten. Als sie mit Melanie darüber sprach forderte diese ihre Mutter auf, sich diese Chance nicht entgehen zu lassen. Es wäre bestimmt gut für Theresa wenn sie in einer anderen Stadt neu anfangen könnte. So kam es, dass Theresa nach Berlin ging und das Haus in ihrer alten Heimatstadt verkaufte. Das Geld aus dem Verkauf kam auf ein Treuhandkonto für Melanie. Sie sollte sorgenfrei studieren können.

Melanie war erleichtert ihre Mutter nicht mehr so oft sehen zu müssen und fühlte sich richtig wohl bei den Großeltern. Die Schule fiel ihr leicht. Den Schmerz, den sie immer fühlte wenn sie an ihren Vater dachte wurde mit der Zeit weniger und nach ein paar Jahren dachte sie nur noch an die schönen Zeiten mit ihrem Vater. Auch der Groll gegenüber ihrer Mutter nahm ab und bald konnte sie entspannt mit ihr telefonieren. Nur wenn sie sich gegenüber standen, hatten bei Hemmungen.

Ein Jahr vor Melanies Abitur besuchte sie ihre Mutter sogar in Berlin und fand die Stadt umwerfend. Die Eigentumswohnung ihrer Mutter war riesengroß und lag nahe an einem Park. Theresa zeigte Melanie die Sehenswürdigkeiten der Stadt und die tollen Kneipen und Clubs.

An ihrem letzten Abend in Berlin sprachen sie seit vielen Jahren über die Vergangenheit.

„Melanie, war es richtig, dass ich dich damals bei Oma und Opa gelassen habe?" Theresa hatte ein schlechtes Gewissen, sie dachte immer, sie hätte Melanie im Stich gelassen. Aber Melanie war glücklich „Ja, ich brauchte Abstand von dir und im Hause meines Vaters konnte ich besser trauern. Oma und Opa kamen auch besser über den Tod von Papa hinweg weil ich da war." Theresa legte ihre Hand auf die ihrer Tochter „Ich habe dich immer sehr vermisst und bin froh, dass du nach Berlin gekommen bist."

Sie wollte nicht über die alte Geschichte reden und lenkte das Gespräch in die Zukunft. „Weißt du denn schon was du studieren willst? Und wo?"Melanie wusste genau was sie wollte. „Ich studiere Medizin wie mein Vater. Ich meine, wie ihr Beide." Theresa war überrascht aber freute sich mit ihr. „Da wird sich dein Opa aber freuen wenn du in seine und Pauls Fußstapfen treten willst." Melanie schüttelte den Kopf. „Ich möchte weder Allgemeinmedizinerin noch Kardiologin werden. Ich möchte in die Onkologie. Ich möchte wissen ob ich Vater hätte retten können."

Theresa schaute Melanie erschrocken an. Glaubte Melanie immer noch, sie hätte ihn nicht retten wollen oder noch schlimmer, sie hätte ihn wirklich umgebracht? Es war nach all der Zeit dennoch ein Schock für Theresa. Ihre Tochter dachte nach wie vor, sie wäre eine Mörderin. Theresa entschuldigte sich und ging zur Toilette um sich zu beruhigen.

Als es ihr wieder besser ging entschied sie sich dazu Melanie mit ihrem neuen Leben zu konfrontieren. Theresa atmete tief durch und setzte sich wieder. „Melanie es gibt noch etwas was du wissen sollst. Ich habe einen netten Mann kennen gelernt und wir wollen zusammen leben. Er ist auch Onkologe und arbeitet hier in der Charité."

Damit hatte Melanie nicht gerechnet, aber es berührte sie auch nicht. Seit dem Tod ihres Vaters hatte sie ihre Mutter aus ihrem Herzen verbannt. Deshalb sagte sie nur „Und wo wollt ihr wohnen?" Theresa erzählte ihr, dass sie mit Rainer zusammen ein Haus gekauft hat und die Eigentumswohnung zum Verkauf steht. „Wenn du das nächste Mal kommst, hast du ein eigenes Appartement. Wir haben den unteren Stock für dich ausgebaut, damit du jederzeit kommen kannst. Rainer würde dich auch sehr gerne kennen lernen." Melanie atmete tief durch. „Gut, wann treffen wir ihn?" Theresa war glücklich, dass Melanie nicht ablehnend reagierte und schlug für den nächsten Morgen ein gemeinsames Frühstück vor. Melanie war einverstanden und Theresa trotz allem glücklich an der Seite ihrer Tochter.

„Darf ich vorstellen, das ist meine Tochter Melanie, das ist Rainer."

Theresa machte Rainer mit Melanie bekannt und sie frühstückten zusammen. Melanie erfuhr viel von Rainers Arbeit und erzählte ihm, dass sie auch Onkologin werden wollte. Deshalb schlug Rainer vor „Melanie du kannst dein Praktikum bei mir in der Charité machen und hier bei uns wohnen." Theresa war Rainer sehr dankbar, denn sie hatte ihm von dem schwierigen Verhältnis zu ihrer Tochter erzählt. Melanie fand die Idee gar nicht so schlecht. „Ich komme darauf zurück, aber erst muss ich mein Abitur machen."

Sie brachten Melanie zum Bahnhof und winkten ihr noch lange hinterher. „Ach Rainer ich danke dir sehr, das wäre ein Traum, wenn meine Tochter hier in Berlin studieren würde und bei uns wohnt. Vielleicht käme ich ihr dann wieder näher." Rainer nahm Theresa in den Arm und brachte sie nach Hause.

Ein Jahr später saßen Theresa und Rainer neben Opa Fritz, Oma Inge und Opa Gerhard in der ersten Reihe von Melanies Abiturfeier. Melanie war stolz auf ihr gutes Abitur und freute sich über die vielen Glückwünsche.

Beim gemeinsamen Mittagessen eröffnete Rainer „Melanie ich darf dir gratulieren" er überreichte ihr einen Brief. „Dein Praktikum kannst du in der Charité in Berlin machen und deine Einliegerwohnung ist auch fertig."

Theresa nahm ihr Glas und sagte „Herzlichen Glückwunsch zum Abitur und zum Praktikum. Wir freuen uns wenn du bei uns wohnen möchtest." Melanie war außer sich vor Freude. Ein Praktikum im Charité, besser ging es nicht. Opa Fritz sagte

„Mein Mädchen du hast es geschafft. Wir sind stolz auf dich und freuen uns, dass du nach Berlin gehst, auch wenn du uns fehlen wirst." Oma Inge weinte ein bisschen. Melanie drückte ihre Großeltern herzlich. „Keine Sorge, ich komme so oft es geht, zu Besuch. Und dich besuche ich auch Opa Gerhard." Theresa musste schlucken, so herzlich hatte Melanie sie an dem letzten Abend vor Pauls Tod in den Arm genommen und seitdem nie wieder. Rainer nahm ihre Hand und drückte sie. Auch Inge, Fritz und Gerhard hatten Rainer ins Herz geschlossen und freuten sich mit Theresa, dass sie nicht mehr alleine war.

Melanie brachte Theresa und Rainer am nächsten Tag zum Flughafen und versprach so bald wie möglich zu kommen um sich einzurichten. Aber da das Praktikum erst im Herbst losgehen sollte, wollte Melanie noch mit ein paar Schulfreunden in die Ferien fahren.

Wie jeden Abend kam Melanie ins Wohnzimmer um ihren Großeltern noch eine gute Nacht zu wünschen. Als sie an diesem Abend ins Wohnzimmer kam stand die Oma auf, gab ihr einen Kuss und sagte, dass sie heute früher ins Bett ginge. Dann sagte Opa sie solle sich setzen.

Melanie war etwas bange, aber sie gehorchte. „Mein liebes Kind, wir müssen, bevor du in die weite Welt hinausgehst, noch einmal über die Vergangenheit reden. Ich habe heute gesehen, dass du deine Mutter immer noch nicht in den Arm nehmen kannst." Melanie wollte etwas sagen, aber Opa blieb fest „Nein unterbrich mich nicht! Ich bin froh, dass du Medizin studieren willst und im Herbst in die Charité kannst. Ich habe die Krankenakte deines Vaters für dich aufbewahrt."

Er übergab Melanie einen großen braunen Umschlag. „Ich möchte, dass du sie genau studierst und sie vielleicht in der Charité mit einigen Ärzten besprechen kannst. Du wirst feststellen, dass man deinem Vater nicht helfen konnte. Und du wirst feststellen, dass das was ich und deine Mutter gemacht haben, human war. Das Morphium hatte nur seine Schmerzen erträglicher gemacht. Der Krebs hat ihn getötet.

Du wirst auch einen Bericht von dem hiesigen Staatsanwalt finden. Deine damaligen Anschuldigen blieben nicht ohne Folgen. Ich bin damals selbst zu Dr. Fach gegangen und habe erklärt, dass ich die Morphium-Ampullen besorgt und sie deiner Mutter gegeben habe. Wir haben die Behandlung deines Vaters immer abgesprochen." Opa Fritz sah müde aus und suchte nach Worten „Und ich möchte, dass, wenn du das alles gelesen hast, dich endlich mit deiner Mutter versöhnst. Sie hat lange genug gelitten. Sie ist eine so großartige Frau und Ärztin."

Als er Melanie den Umschlag übergab legte er seine Hände auf die ihre. „Deine Mutter hat mich gebeten dir noch dein Erbe zu übergeben. Als sie damals das Haus verkaufte hat sie für dich ein Treuhandkonto angelegt, das du heute bekommen sollst." Er übergab ihr ein Bündel Kontoauszüge und Bankpapiere. Melanie wusste zuerst nicht was sie sagen sollte. Sie sah auf den Kontoauszug und staunte. So viel Geld! Sie müsste gar nicht bei ihrer Mutter wohnen, sie ist völlig unabhängig.

Da riss Opa sie aus ihren Gedanken. „Deine Mutter weiß nicht, dass ich die Krankenakte deines Vaters aufbewahrt habe. Sie wäre, glaube ich, nicht einverstanden mit dem was ich dir darüber gesagt habe. Sie wollte nicht, dass du erfährst in welche Schwierigkeiten du sie gebracht hast. Geh verantwortungsbewusst damit um und nutze die Zeit bei deiner Mutter um sie richtig kennen zu lernen." Melanie atmete tief durch und umarmte ihren guten Großvater. Er mahnte noch „Weißt du, wir leben nicht ewig und eines Tages hast du nur noch deine Mutter." Sie war erschüttert. Wenn das wirklich stimmt was Opa Fritz da sagte, dann hatte sie ihrer Mutter vielleicht doch Unrecht getan? Opa nahm sie fest in seine Arme und Melanie weinte lange.

Nach einem herrlichen Sommer kam Melanie zwei Wochen vor ihrem Praktikum in Berlin an. Sie fand die Einliegerwohnung im Haus ihrer Mutter wirklich schön und richtete sich gemütlich ein. Die ermahnenden Worte von ihrem Großvater im Ohr, versuchte sie so freundlich wie möglich zu ihrer Mutter zu sein. Theresa hatte sich frei genommen um viel Zeit mit Melanie zu verbringen. Sie wusste aus eigener Erfahrung, dass man während des Praktikums fast keine Freizeit mehr hatte. Mit Rainer verstand sich Melanie gut und sie war gespannt auf das Praktikum.

Der erste Tag auf der Onkologie war richtig schlimm. Sie sah so viele Frauen, Männer und Kinder die an Krebs erkrankt waren und denen es wirklich schlecht ging. Viele hatten keine Haare mehr, blaue Flecken überall und einige konnten nicht mehr laufen. Melanie ging öfter auf die Toilette um sich zu sammeln. Das Leid der Menschen ging ihr sehr nahe.

Als sie am Abend mit der S-Bahn in ihre Wohnung fuhr überlegte sie, dass sie ihren Vater gar nicht so gesehen hatte. Sie wusste nicht mehr ob er noch Haare hatte? Sieht ein Kind die Ernsthaftigkeit einer Lage nicht? Oder will ein Kind das nicht sehen?

An ihrer Wohnungstür hing ein Zettel. „Ich bin zu Hause. Wenn du willst, können wir zusammen essen und du kannst mir von deinen Eindrücken erzählen. Theresa." Melanie nannte ihre Mutter nach dem Tod des Vaters nur noch Theresa und Theresa hatte es stillschweigend geduldet.

Melanie war eigentlich erschöpft aber sie hatte auch Hunger. So duschte sie schnell und ging zu ihrer Mutter. Der Tisch war liebevoll gedeckt und der Blick vom Esszimmertisch auf den großen Garten war wunderschön. Melanie dachte „Was für ein Glück, dass wir gesund sind." Theresa gab ihr ein Glas Prosecco. Als Melanie sie fragend ansah sagte sie lächelnd. „Ich kann mich gut an meinen ersten Tag auf der Onkologie erinnern. Mir war schlecht und ich hätte nur noch heulen können. Dein Vater machte eine Flasche Prosecco auf und meinte, ich solle erst mal einen großen Schluck nehmen." Melanie nahm das Glas und trank es in einem Zug aus. „Da hatte Papa aber eine gute Idee." Theresa trank auch einen Schluck und schenkte Melanie nach. „Setz dich und versuche etwas zu essen." Melanie merkte erst beim Essen, wie groß ihr Hunger war. Theresa ließ sie essen und sagte nichts. Als Melanie satt war erzählte sie Theresa was sie alles gesehen und erlebt hatte an ihrem ersten Tag auf der Onkologie. Theresa verstand sie nur zu gut.

Plötzlich fragte Melanie „Hatte Papa noch Haare?" Theresa schaute sie lange an bevor sie antwortete. „Dein Vater hat die Chemotherapie abgelehnt, deshalb hatte er noch alle Haare bis zum Schluss" Melanie dachte an den braunen Umschlag den sie noch nicht geöffnet hatte. „Opa hat mir das Treuhandkonto übergeben. Danke dafür." Theresa nickte „Das Erbe deines Vaters." Melanie wurde jetzt leiser als sie sagte „Und er hat mir Papas Krankenakte gegeben damit ich sie lesen kann. Er meinte, ich solle die Akte mit einigen Ärzten von der Onkologie durchgehen."

Theresa war wirklich überrascht. „Ich wusste nicht, dass er die Akte noch hat. Hast du schon reingeschaut?" Melanie schüttelte den Kopf „Nein, ich wollte die Akten erst selbst lesen und dann vielleicht mit einem Oberarzt der Onkologie darüber reden. Ich wollte mit einem mir fremden Arzt darüber reden. Ist das in Ordnung für dich?"

Theresa nickte. „Natürlich. Es sind deine Akten und ich glaube es ist wichtig für dich, dass du sie genau studierst. Spreche mit jemandem darüber dem du vertraust."

Theresa hoffte, dass Melanie den Tod ihres Vaters dann mit anderen Augen sehen würde. Als die Ruhe zwischen ihnen zu einer Spannung wurde kam glücklicherweise Rainer nach Hause. Mit seiner freundlichen und ruhigen Art nahm er die Spannung zwischen den Frauen gleich wahr. Er begrüßte zuerst Theresa und dann Melanie. „Und wie hast du dich an deinem ersten Tag geschlagen?" Melanie zeigte auf das Glas Prosecco. „Wie du siehst brauchte ich erst einmal einen Schluck Alkohol um überhaupt etwas essen zu können." Rainer nickte freundlich. „Ja, wenn ich normalerweise nach Hause komme, reden wir zuerst gar nicht. Ich brauche eine Weile um hier anzukommen und den Tag auf der Onkologie zu verarbeiten. Am schlimmsten ist es, wenn ich einer Familie sagen musste, dass ihr Kind sterben wird. Dann kann es sein, dass ich den ganzen Abend nicht reden kann." Er schaute liebevoll zu Theresa „Deine Mutter versteht mich Gott sei Dank, sie hat das auch oft erlebt." Melanie nickte mechanisch. Plötzlich erkannte sie, dass sie über ihre Mutter oder über das Leben ihrer Mutter, gar nichts wusste. Es hatte sie nie interessiert. Sie dachte an die Worte ihres Großvaters und nahm sich vor ihre Mutter besser kennenzulernen. Aber für heute war es genug und sie verabschiedete sich.

Die nächsten Wochen vergingen wie im Fluge und Melanie kam gar nicht dazu über den braunen Umschlag nachzudenken. Aber dann hatte sie drei Tage frei und war allein. Theresa und Rainer waren übers Wochenende nach Venedig geflogen und sie hatte das ganze Haus für sich.

Als sie ausgeschlafen hatte nahm sie den braunen Umschlag endlich hervor und öffnete ihn. Sie holte alle Unterlagen heraus und verteilte sie nach Datum sortiert vor sich auf dem Boden. Dann nahm sie das erste Blatt und fing an zu lesen.

Zuerst kam die Diagnose Knochenkrebs, dann das Stadium in der sich ihr Vater zu dieser Zeit schon befand. Es folgten Dokumentationen über Medikamente und Untersuchungen. Dann fand sie einige Dokumente mit der Unterschrift ihres Vaters. Sie besagten, dass er alle Therapien und lebenserhaltende Maßnahmen ablehnte, im Vollbesitz seines Geistes. Sie erkannte, dass die Diagnose erst erfolgte als der Krebs schon gestreut hatte. Die Metastasen waren in der Lunge, im Gehirn, in der Leber und in den Nieren. Er hatte keine Chance. Als sie verstand was sie da gerade gelesen hatte bekam sie einen Weinkrampf.

All die Jahre hatte sie wirklich geglaubt, dass ihre Mutter nicht alles getan hatte um ihren Vater zu retten. Sie hatte wirklich geglaubt, dass er durch die Spritze, die ihm Theresa gab, gestorben sei. Opa Fritz und auch Oma Inge hatten ihr immer wieder versichert, dass ihre Mutter nichts Unrechtes getan hatte. Sie erkannte, dass sie jemanden für den Tod ihres geliebten Vaters verantwortlich gemacht hatte um den Schmerz zu ertragen. Die Wut auf die Mutter war besser als der Schmerz um den geliebten Vater.

In Wirklichkeit hatte sie beide in dieser Nacht verloren weil sie es nicht ertragen konnte. Sie schämte sich bei dem Gedanken was sie ihrer Mutter in all den Jahren angetan hatte, ja unterstellt hatte. Da fiel ihr auch die Beerdigung wieder ein. Sie hatte ihre Mutter vor allen Trauergästen des Mordes beschuldigt. Nicht auszudenken, wenn ihre Mutter auch noch im Gefängnis gelandet wäre. Diese Schuld hätte sie nie wieder gut machen können. Aber kann man so etwas überhaupt wieder gut machen? Ob Theresa ihr verzeihen konnte?

Den Rest des gesamten Wochenendes verbrachte Melanie krank im Bett. Sie bekam hohes Fieber und einen Weinkrampf nach dem anderen. Als Theresa und Rainer am Sonntagabend zurück kamen klopfte Theresa an Melanies Tür. Melanie wimmerte „Ich bin im Schlafzimmer." Theresa lief erschrocken zu ihr ans Bett.

„Melanie, was ist denn passiert? Bist du krank? Hast du schon einen Arzt gerufen?" Melanie schüttelte den Kopf und musste wieder weinen. „Ich kann nicht mehr aufhören zu weinen und mein Kopf tut so weh!" Theresa fühlte den Puls und die Temperatur. „Seit wann hast du denn Fieber? Ist einer deiner Patienten gestorben?"

Melanie schüttelte wieder den Kopf und zeigte auf den braunen Umschlag. „Ich habe Papas Krankenakte gelesen" sagte sie leise „ich weiß jetzt, dass ich ein schreckliches Kind war und dir Unrecht getan habe." Dann schluchzte sie wieder. Theresa fiel ein riesiger Stein von ihrer Brust.

Danke lieber Gott!

Nach fünf Jahren können sie endlich darüber reden.

Es war so eine lange Zeit.

Sie nahm Melanie behutsam in die Arme und wiegte sie wie ein Baby. Sie streichelte ihr über den Kopf und sprach leise zu ihr. „Ach Melanie, ich bin so froh, dass du endlich weißt, dass ich deinem Vater nicht helfen konnte. Wir hätten dir die Wahrheit viel früher sagen müssen, stattdessen haben wir dich glauben lassen, dass er wieder gesund wird. Das war ein großer Fehler." Melanie drückte sich enger an ihre Mutter.

„Papa hat dich also in der Nacht gebeten ihm mehr Morphium zu geben, damit er die Schmerzen ertragen konnte?" Theresa nickte. Auch ihr liefen die Tränen über das Gesicht. „Er wollte an diesem Abend, dass ich ihm die ganze Ampulle gebe damit er endlich keine Schmerzen mehr hat. Opa Fritz war einverstanden und hat die Ampulle besorgt.

Dann hat sich Papa von dir verabschiedet und ich verabreiche ihm die Spritze. Wir lagen Hand in Hand im Bett und er ist friedlich eingeschlafen. Als er tot war, wich aller Schmerz aus seinem Gesicht. Er sah friedlich und entspannt aus.

Es sah aus als ob er lächeln würde. Da wusste ich, dass die Entscheidung richtig war."

Melanie hörte zu und das Schluchzen wurde weniger. Dann schaute Melanie ihre Mutter an „Mami kannst du mir verzeihen?"

Theresa riss ihre Tochter an sich und versicherte ihr unter Tränen, dass sie ihr schon längst vergeben hat. „Ich weiß wie schwer der Verlust für dich war. Als meine Mutter starb hat mich das damals auch aus der Bahn geworfen. Opa Gerd war sehr geduldig mit mir und so machte ich es auch mit dir." Melanie drückte ihre Mutter wieder und wieder an sich um ihr auch körperlich zu vermitteln, dass sie ihre Mutter ganz nah spüren wollte.

„Wir haben ganz viel nachzuholen, ich möchte endlich meine Mutter wieder haben und alles über sie erfahren!" Theresa drückte Melanie ganz fest. Sie war so glücklich, ein Gefühl das man nicht beschreiben kann.

Ihr fiel ein Zitat von Joseph de Maistre ein:

Die Vernunft kann nur reden.

Es ist die Liebe, die singt.

Das letzte Drittel

Anna wollte das Geschirr vom Frühstück in die Spülmaschine räumen. Aber als sie den ersten Teller hineinstellen wollte, war sie sehr überrascht. Da lag ihre schmutzige Unterwäsche!

Wie kam ihre Unterwäsche in die Spülmaschine? Sie musste sich vor Schreck erst einmal setzen. Das war ihr schon einmal passiert. Wieso hat sie dafür keine Erklärung? „Das darf doch nicht wahr sein, was geschieht denn hier?"

Sie sprach oft laut mit sich selbst, dann fühlte sie sich nicht so alleine. Seit sie im Ruhestand war, war sie viel allein. Abends kam zwar ab und zu ihr Sohn Michael zum Abendessen und einmal in der Woche kam ihre Tochter Petra. Aber dann war sie wieder allein. Sie wünschte sich oft, dass Michael endlich eine Frau finden und eine Familie gründen würde, aber dann war sie wieder froh, dass er so viel Zeit für sie hatte. Und einem guten Essen war Michael nie abgeneigt.

Anna hatte sich früher gar keine Gedanken gemacht was sie mal tun würde oder wie es sein würde, wenn sie in Rente wäre. Ihr Mann war gestorben als sie gerade 55 Jahre alt war. Das war ein großer Schock. Petra ihre Älteste und Michael ihr jüngster waren gerade erwachsen geworden und ausgezogen. Glücklicherweise hatte Anna viel Spaß an Ihrer Arbeit und sie arbeitete danach noch mehr. Aber an den Wochenenden war sie viel allein. Sie hatte auch keinen Mann mehr kennen gelernt der ihr wirklich gefallen hätte und so blieb sie alleine.

Jetzt ging sie einmal in der Woche zu ihrem Gospel-Chor und mit ihrer besten Freundin Helga golfen. Das Singen hatte ihr immer Spaß gemacht, aber in letzter Zeit musste sie die Texte wieder ablesen, obwohl sie diese Lieder schon so oft gesungen hatte. „Ich muss mich untersuchen lassen, das geht so nicht weiter." Sie war fest entschlossen.

Als Michael kam war der Tisch schon gedeckt und es gab sein Leibgericht. Zuerst ging er in den Keller um sich eine Flasche Wein zu holen. Er wollte heute im Gästezimmer schlafen und sich zum Abendessen einen spritzigen Weißwein gönnen. Als er die Tür zum Weinkeller öffnete konnte er kaum glauben was er sah. Da lagen Wäschestücke herum und Abfall. Was ist denn das für eine Schweinerei, dacht er. Er ging in die Waschküche und holte einen Korb für die schmutzige Wäsche. Den Abfall brachte er zum Abfalleimer. Dann kam er mit der Flasche Wein in die Küche.

„Mama?" Anna war in der Küche. „Ich habe im Weinkeller deine Bettwäsche gefunden und Abfall! Kannst du mir das erklären?" Anna versuchte sich zu erinnern, aber sie hatte keine Erklärung dafür. Sie musste sich setzen. „Michael ich wollte heute Abend sowieso mit dir reden. Kannst du für mich einen Termin bei einem Neurologen vereinbaren?" Als er das Gesicht seiner Mutter sah musste er sich auch erst einmal setzen. „Wieso, was ist denn los? " Anna war verzweifelt. „Ich habe in der Spülmaschine schon Wäsche gefunden und ich weiß nicht wie sie da hinein gekommen ist. Da mir das schon einmal passiert ist, denke ich, dass etwas nicht in Ordnung ist." Dabei zeigte sie unmissverständlich auf ihren Kopf.

Michael war betroffen, so hatte er seine Mutter noch nicht gesehen. Sie war immer ein Temperamentsbündel gewesen. In ihrer Galerie hatte sie früher hart gearbeitet, abends noch gekocht und die Wäsche erledigt. Sie hatte nur zum Putzen eine Hilfe. Aber jetzt sah er sie genauer an und erkannte, dass sie verzweifelt und krank aussah.

„Ich werde gleich morgen früh einen Termin in der Uniklinik für dich vereinbaren. Mach dir keine Sorgen, es gibt bestimmt eine Erklärung dafür."

Er wollte sie beruhigen aber es gelang ihm nicht, denn er machte sich Sorgen. Seine Leibspeise wollte ihm heute nicht so recht schmecken. Nur durch den Wein nahm seine Anspannung etwas ab. Als Anna abräumte, beobachtete er sie. Er hatte Angst, dass seine Mutter einen Tumor im Kopf hatte.

Michael wollte so schnell wie möglich wissen was seiner Mutter fehlte, so dass er für sie gleich am nächsten Nachmittag einen Termin bei einem Neurologen in der Universitätsklinik bekam. Er brachte sie selbst in die Klinik und wartete mit ihr in der Aufnahme. Als Anna aufgerufen wurde ging Michael mit. Der Arzt war sehr freundlich und hörte sich an was Anna und Michael aufgefallen war. Er stellte Fragen und lies Anna ein paar Aufgaben erledigen. Dann wurde ein EEG gemacht, Blut genommen und ein MRT vom Kopf gemacht. Die Klinik hatte ein eigenes Labor, so dass die Blutergebnisse schnell zur Verfügung standen. Nach drei Stunden waren alle Untersuchungen ausgewertet. Das Ergebnis war niederschmetternd. Schon als Anna und Michael in das Sprechzimmer kamen wich der Arzt ihren Blicken aus. „Liebe Frau Brand, Herr Brand, ich habe leider keine gute Nachricht. Ich mache es kurz. Sie haben keinen Gehirntumor, was ich zuerst vermutete. Sie leiden aber unter einer beginnenden Demenz."

Für Anna und Michael war diese Nachricht ein Schock. Anna starrte den Arzt zuerst ungläubig an dann aber musste sie weinen. Michael wollte noch nicht aufgeben. „Sind Sie sicher, dass es keine andere Erklärung für das merkwürdige Verhalten meiner Mutter gibt?" Aber der Arzt schüttelte den Kopf. „Es tut mir sehr leid aber es besteht kein Zweifel. Sie können mit den neuen Medikamenten gut leben, aber Sie sollten alle wichtigen Entscheidungen wie Patientenverfügung oder Vorsorgevollmachten so bald wie möglich erledigen. Wir wissen nicht wie schnell ihre Demenz fortschreitet und wann Sie Hilfe brauchen. Bitte bedenken Sie, dass Sie im Grunde jetzt schon eine stundenweise Betreuung brauchen, bei allem was Sie mir erzählt haben." Anna war erschüttert. Sie dachte:

„Ich will mein Gedächtnis nicht verlieren! Um Gottes Willen das darf doch nicht wahr sein. Was habe ich über die Krankheit Demenz gelesen? Die Menschen können sich im Laufe der Zeit an nichts mehr erinnern! Sie finden nicht mehr nach Hause wenn sie zum einkaufen gehen. Sie müssen sich alles aufschreiben um das Waschen und Essen nicht zu vergessen. Und irgendwann können sie sich nicht mal mehr an ihre eigenen Kinder erinnern. Ich muss hier raus!"

Anna stand auf und ehe Michael oder der Arzt reagieren konnten war sie schon auf dem Flur. Sie sah das Schild mit der Aufschrift „Ausgang" und rannte nach draußen. Rechts war ein kleiner Park mit Bänken und so steuerte sie instinktiv dort hin. Sie hatte schon immer die Natur geliebt und das Wandern. Ein Schluchzen kam aus ihrer Kehle, so qualvoll und fremd, dass sie darüber selbst erschrak. Sie sank auf die Bank und wurde von ihrem heftigen Weinen geschüttelt. Michael verabschiedete sich vom Arzt und lief so schnell wie möglich nach draußen. Er sah seine Mutter sofort. Aber als er näher kam und ihr erschütterndes Schluchzen hörte blieb er stehen. Er hatte den Eindruck, dass er noch einen Moment warten sollte.

Wie sollte er sie auch trösten? Was konnte er sagen oder tun? In seinem Kopf drehte sich alles. Er sollte sich so schnell wie möglich um eine Haushaltshilfe oder noch besser um eine Pflegerin kümmern. Anna weinte immer noch, aber jetzt ging er langsam zur Bank und setzte sich neben sie. Er wollte sie trösten, aber er wusste einfach nicht was er sagen sollte. Gegen einen Hirntumor hätte man kämpfen können aber gegen das Vergessen kann man nicht kämpfen. So blieb ihm nichts anderes übrig als sie einfach in den Arm zu nehmen.

Nachdem Anna sich etwas beruhigt hatte brachte Michael sie nach Hause. Sie war müde und wollte sich hinlegen. Als Anna im Schlafzimmer war rief Michael seine Schwester an und teilte ihr das Ergebnis der Untersuchung mit. Auch Petra war erschüttert. Michael bat sie sofort zu kommen, denn sie mussten einige Entscheidungen treffen.

Michael wollte fürs Erste jetzt jede Nacht bei seiner Mutter schlafen bis er eine Pflegerin gefunden hatte. Während er auf Petra wartete setzte er sich an den Computer und fand auch schnell eine Agentur, die Pflegekräfte vermittelte. Er rief sofort dort an und hatte innerhalb einer halben Stunde eine Zusage der Agentur, dass eine Pflegekraft in drei Wochen für seine Mutter frei wäre. Dann kam Petra. Petra war verheiratet und hatte zwei Kinder, sie konnte sich unmöglich um ihre Mutter kümmern. Das machte sie Michael auch gleich deutlich bevor er von der Pflegekraft erzählen konnte. Michael meinte „Nur weil ich keine Familie habe heißt das nicht, dass ich alles alleine regeln muss." Petra wehrte ab. „Michael, du hast dich nach Vaters Tod um alles gekümmert. Du hast die Vollmachten für die Bank und du weißt wo alle Papiere sind und kennst Mutters Ärzte, Steuerberater und Bankverbindungen. Also kannst du auch alles in die Wege leiten."Michael nickte. „Ich wollte trotzdem von dir wissen was wir machen wenn die Krankheit schlimmer wird. Soll Mutter dann hier im Haus bleiben mit einer Pflegekraft rund um die Uhr oder geben wir sie dann in ein Pflegeheim?"

Petra war ganz bleich geworden bei dem Wort Pflegeheim. „Ist es wirklich so schlimm?" Michael seufzte. „Der Arzt hat gesagt, dass sie auf jeden Fall jetzt schon stundenweise Hilfe braucht und nachts nicht alleine sein sollte. Wie schnell die Demenz fortschreitet weiß keiner."Zuerst schwiegen sie eine Weile, dann holte Michael zwei Bier und sie tranken es langsam aus. Aber Petra meinte noch „Ich möchte nicht, dass Mama in ein Pflegeheim kommt. Hier ist Platz genug für ein oder zwei Pflegerinnen. Ich habe mal gelesen, dass Menschen mit Demenz sich in ihrer gewohnten Umgebung wohler fühlen. Das sollten wir ihr erhalten."

Sie hatten nicht bemerkt, dass ihre Mutter das Gespräch belauscht hatte. Anna musste sich den Mund zuhalten damit die beiden ihr Schluchzen nicht hörten. Aber sie war auch froh, dass ihre Kinder nur das Beste für sie wollten.

Petra fragte „Meinst du, dass sie uns irgendwann nicht mehr erkennt?"Michael nickte. „Ich habe mich vorhin im Internet schlau gemacht. Wenn die Demenz fortschreitet, dann weiß sie nicht einmal wer sie selbst ist. Die Patienten vergessen auch irgendwann wie man isst oder was man mit einem Glas Wasser macht. Kannst du dir das vorstellen? Da steht ein Glas Wasser vor dir und du weißt nicht was du damit machen sollst. Du kannst irgendwann nicht mehr sprechen weil dir die Worte nicht mehr einfallen und du weißt auch gar nicht was die Worte bedeuten." Michael schüttelte den Kopf. „Mutter hat so gerne gelesen, sich für so vieles interessiert. Das ist alles irgendwann gelöscht. Wie wenn man eine Festplatte löschen würde."

Petra stand auf. Sie wollte, bevor sie wieder nach Hause fuhr, noch nach ihrer Mutter sehen. Sie klopfte an ihre Schlafzimmertür. Obwohl sie nichts sagte ging sie trotzdem hinein. Sie lag zusammengekrümmt im Bett und weinte. Petra brach es fast das Herz. „Mama, wir sind für dich da. Wenn du regelmäßig Tabletten nimmst kannst du bestimmt noch viele schöne Jahre haben." Sie tröstete sie. „Wir werden in der nächsten Zeit mehr miteinander unternehmen. Ich komme jetzt öfter mit den Kindern vorbei. Und wir machen zusammen endlich die Reise nach Prag. Da wolltest du immer mit uns hin. Warum eigentlich?"

Anna atmete tief durch. „Euer Großvater ist dort auf einem wunderschönen Gut aufgewachsen. Ich kenne es nur von Bildern. Aber es soll immer noch bewirtschaftet werden und ich wollte es mir einfach mal ansehen. Ich habe nur die ersten zwei Jahre dort verbracht bevor wir hierher gezogen sind. Es gibt nur ein paar Bilder auf denen ich mit meinem Vater auf der Koppel bin. Ich wollte es mit eigenen Augen sehen."

Petra nahm ihre Mutter in den Arm. „Mama, ich spreche mit Michael und Roger, dann fahren wir in den Ferien dorthin. Maike und Lara wollen bestimmt auch sehen wo die Oma geboren wurde." Anna lächelte als sie die Namen ihrer Enkelkinder hörte. Sie war froh, dass Petra Familie hatte. Mit Roger hatte sie einen guten Mann gefunden und die Enkelkinder machten ihr viel Freude. Als sie kleiner waren kam Petra regelmäßig mit ihnen zu Anna, aber wenn die Kinder älter werden wollen sie von den „Alten" nichts mehr wissen. Aber Anna war nicht traurig, das ist der Lauf der Dinge. Ja das wäre schön, wenn sie alle zusammen noch einmal verreisen könnten. Bevor sie die Kinder und das Gut vergisst. „Mama, möchtest du noch etwas bevor ich wieder nach Hause fahre? Michael bleibt hier."Anna schüttelte den Kopf. „Danke mein Schatz, geh nach Hause, es reicht wenn Michael da ist." Petra verabschiedete sich von ihrer Mutter und ging zu Michael in den Garten.

„Ich geh dann jetzt wieder. Die Kinder müssen ins Bett oder wolltest du noch etwas mit mir besprechen?" Michael schüttelte den Kopf. „Du hast Recht, ich habe alle Vollmachten und kümmere mich um Mutter."Bevor Petra ging wollte sie Michael auf den neuesten Stand bringen. „Ich war bei Mutter, sie will nur noch schlafen. Aber ich habe ihr versprochen, dass wir dieses Jahr in den Ferien alle nach Prag fahren um Opas Gut zu besuchen. Sie möchte es mal sehen." Michael schloss für einen Moment die Augen. „Stimmt, da wollte sie schon immer mal mit uns hin. Warum ist daraus nie etwas geworden?" Petra legte eine Hand auf Michaels Schulter „Wir wollten nach Mallorca, nach Sylt oder nach Amerika. Prag stand nicht auf unserer Wunschliste. Aber jetzt sollten wir es tun, für uns alle."

Michael nickte. „Das ist eine gute Idee. Wir machen ihr damit bestimmt eine große Freude bevor…"

Er konnte es nicht aussprechen. Petra verstand auch so. „Soll ich mich um die Reise kümmern? Du hast genug um die Ohren." Michael war froh, dass er das nicht auch noch organisieren musste. Sie verabschiedeten sich und Michael ging, nachdem er nach seiner Mutter gesehen hatte, ins Bett. Aber er konnte einfach nicht einschlafen. So viele Gedanken gingen ihm durch den Kopf. Ganz plötzlich hatte er auch einen Gedanken der ihm fast den Atem nahm. Was ist wenn das genetisch ist? Bekomme ich oder Petra dann auch die Krankheit? Das war ein Gedanke der ihn nicht mehr schlafen lies. Er ging ins Büro und suchte im Internet nach Berichten ob die Krankheit auch vererbt werden kann. Und gegen Morgen fand er was er eigentlich gar nicht wissen wollte. Es wäre möglich, dass er oder seine Schwester die Krankheit ebenfalls bekommen könnten. Er wird sich einen Termin bei dem Arzt seiner Mutter besorgen und es herausfinden.

Anna schlief auch schlecht. Sie weinte viel und haderte mit Gott und der Welt. Die berühmte aller berühmten Fragen war – „Wieso gerade ich?"- Aber sie fand keine Antwort. Gegen Morgen überkam sie dann doch eine Ruhe. Sie betete und während sie betete kamen alle Erinnerungen ihres bisher sehr guten Lebens herauf. Ja, sie hatte ein gutes Leben gehabt bis jetzt. Ihr Mann hatte ihr alle Wünsche erfüllt die sie je hatte und die Kinder sowie Enkel sind gesund und machen ihr viel Freude. Sie hat genug Geld und seit ihrem Ruhestand kann sie tun was sie will. Der Arzt hat gesagt, dass mit den Medikamenten eine Verschlechterung hinausgeschoben werden kann. Nun, sie war jetzt

68 Jahre alt. Vielleicht hatte sie noch ein paar gute Jahre, die wollte sie sich so aufregend wie möglich machen. Jawohl, sie wird jetzt nur noch reisen und Dinge tun die sie schon immer mal machen wollte.

Wenn sie die Diagnose nicht bekommen hätte, dann würde sie wie jede Woche, seit ihrer Pensionierung, einmal mit Helga golfen oder im Gospel-Chor singen. Alleine wollte sie nicht verreisen und so dümpelte ihr Leben gerade so hin. Dabei hatte sie sich immer gewünscht im Rentendasein zu reisen. Jetzt hielt sie es im Bett nicht mehr aus. Sie wollte nach dem Frühstück ins Reisebüro gehen und mit ihrem Arzt sprechen. Sie überlegte:

„Wenn er grünes Licht gibt fahre ich als allererstes mit den Kindern nach Prag und besuche das alte Gut. Das will ich einmal sehen. Dann will ich nach Moskau zum roten Platz und eine Kreuzfahrt habe ich auch noch nicht gemacht. Oder an das Nordkap?"

Anna zog sich an und schmiedete Reisepläne. Da bekam sie Bedenken ob sie wirklich alleine verreisen könnte? Sie schüttelte aber energisch den Kopf. Sie wird das jetzt durchziehen sonst vergisst sie am Ende noch, dass sie verreisen wollte. Jetzt musste sie sogar ein bisschen darüber lachen. Doch bevor sie erschrocken inne hielt straffte sie sich und ging in die Küche. Sie deckte den Tisch. Als sie auf die Uhr schaute bemerkte sie, dass es schon halb zehn war. Da ging auch schon die Küchentür auf und Michael stand verschlafen da. „Guten Morgen Mama, ich bin erst gegen morgen eingeschlafen. Monika schließt heute Morgen die Galerie auf. Deshalb habe ich noch Zeit fürs Frühstück. Wie geht es dir?" Anna schenkte ihm Kaffee ein und lächelte ihn an. „Ich habe beschlossen aus der guten Zeit noch das Beste zu machen und werde verreisen."

Michael war platt, das hatte er nicht erwartet. Aber im gleichen Moment dachte er sofort, ob das schon Anzeichen der Demenz sind. „Wo willst du denn hin?" Anna sagte „Zuerst mit euch nach Prag zum Gut meines Großvaters, dann nach Moskau und vielleicht an das Nordkap. Der Arzt hat doch gesagt, dass ich mit den Tabletten die guten Tage noch genießen kann. Michael, wenn nicht jetzt wann dann? Ich möchte die Zeit, die mir noch bleibt, sinnvoll nutzen. Verstehst du das?" Michael nickte. „Aber mit wem willst du denn reisen?" Anna zuckte mit den Schultern „Ich werde alleine verreisen wie viele alleinstehende Frauen meines Alters."

Michael wollte jetzt nicht mit ihr diskutieren. Er musste so schnell wie möglich in die Galerie, deshalb sagte er „Nun das müssen wir ja nicht jetzt entscheiden. Prag machen wir auf jeden Fall zusammen und dann sehen wir weiter." Anna nickte zwar, aber ihr Entschluss stand fest. Bevor Michael ging klingelte es an der Tür. Es war Helga. Sie weinte.

„Helga was ist denn los? Wieso bist du so aufgelöst?" Helga war ihre beste Freundin und wie Anna schon Witwe. Sie golften nicht nur zusammen sondern gingen ab und zu ins Theater, in die Oper oder einfach zum Essen. Aber so aufgelöst hatte Anna ihre Freundin selten erlebt. „Komm erst mal rein und setz dich. Willst du einen Kaffee?" Helga wartete bis Michael gegangen war dann sprach sie leise. „Ich komme gerade von Dr. Beck. Anna ich habe Hautkrebs." Sie zeigte auf ihren Fuß. Während Helga wieder anfing zu weinen musste sich Anna festhalten. Als sie sich gefangen hatte nahm sie Helga in den Arm und wiegte sie wie ein Kind. Nach ein paar Minuten wurde sie ruhiger und schaute Anna an.

„Ich habe Angst. Angst vor der Operation und Angst vor der Chemotherapie wenn der Krebs schon gestreut hat. Jetzt muss ich vielleicht mein Testament machen!" Anna streichelte Helga „Das tut mir so leid für dich. Ist es wirklich so schlimm?" Helga nickte und weinte weiter. Da platze Anna heraus „Und ich werde mit der Zeit alles vergessen." Helga schaute sie irritiert an. Anna sprach leise „Ich war gestern auch beim Arzt, ich habe eine beginnende Demenz." Helga stand auf. „Was hast du gerade gesagt?" Anna blieb sitzen und sagte ruhig. „Es stimmt Helga, ich habe eine beginnende Demenz. Ich werde langsam alles vergessen. Irgendwann erkenne ich nicht mehr meine eigenen Kinder!" Nun war Helga sehr erschrocken. „Ach Anna, das darf doch nicht wahr sein. Und ich jammere herum wegen eines schwarzen Punktes am Fuß!"

Anna schüttelte den Kopf „Wir wollen nicht über mich reden, wie kann ich dir helfen?" Helga war jetzt gefasst. „In der nächsten Woche wird der schwarze Hautkrebs in der Hautklinik entfernt. Dann bekomme ich noch eine Chemotherapie. Da er so früh erkannt wurde habe ich große Chancen, dass er nicht gestreut hat. Aber ich war wirklich sehr erschrocken." Anna nickte. „Hast du es schon deinen Kindern gesagt?" Helga winkte ab. „Die haben keine Zeit. Mel ist für ein Jahr nach Amerika gegangen und Finn will vorerst in Spanien bleiben. Ich werde erst einmal abwarten bevor ich die Beiden informiere." Anna seufzte „ Das würde ich auch so machen." Jetzt tropften aber Tränen aus Annas Augen und Helga tröstete sie. „Anna, ich werde für dich da sein." Anna nickte. Dann ging sie zum Kühlschrank und holte eine Flasche Champagner heraus.

Anna köpfte die Flasche und hielt eine kleine Ansprache. „Meine liebe Helga, wir trinken auf unsere Freundschaft und auf die Zeit die uns noch bleibt. Lass uns etwas daraus machen. Ich werde für dich da sein." Helga prostete ihr zu. „Danke." Da hatte Anna eine Idee? „Helga wollen wie verreisen und die Zeit nutzen?" Helga war ganz aufgeregt. „Du meinst wir beide sollen verreisen?" Anna nickte. „Aber du musst auf mich aufpassen. Gestern Morgen habe ich mein Geschirr gesucht und im Geschirrspüler meine Wäsche gefunden. Im Weinkeller lag meine

Bettwäsche und Abfall. Michael hat aufgeräumt. Ich schäme mich, aber ich kann mich nicht erinnern wie es dahin gekommen ist."

Helga legte ihre Hand auf die ihre. „Das werden wir gemeinsam meistern. Ich passe auf dich auf. Wir nehmen ein Doppelzimmer, dann kann ich dir helfen. Ich spreche auch mit meinem Arzt ab wann ich verreisen kann. Wo wollen wir als Erstes hin?" Anna lächelte „Zuerst fahre ich mit den Kindern nach Prag, einmal das Gut meines Großvaters sehen, dann können wir Beide auf Reisen gehen. Du wolltest doch immer mal nach Moskau, vielleicht mit einem Flusskreuzfahrtschiff?" Helga war einverstanden. „Diese Reise ist dann ein Experiment ob wir miteinander auskommen in einem Zimmer." Anna stand auf und sagte, dass sie zur Toilette wolle. An der Tür blieb sie stehen dann schlug sie sich mit der Hand an die Stirn. „Jetzt hatte ich einen Moment vergessen wo die Toilette ist." Als Helga alleine war dachte sie darüber nach welch Schicksal Anna ertragen muss.

Anna besuchte Helga jeden Tag so lange sie in der Klinik war. Da sie Angst hatte in die falsche Straßenbahn einzusteigen fuhr sie mit einem Taxi. Helga hatte die Adresse der Klinik sowie die Station und die Zimmernummer deutlich aufgeschrieben. Diesen Zettel hatte Anna jeden Tag dabei und fühlte sich dadurch sicher. Dann kam die erlösende Nachricht. Der Krebs hatte nicht gestreut und eine Chemotherapie war nicht notwendig. Helga durfte nach Hause. Jetzt konnte Anna die Reise mit ihren Kindern antreten.

Petra hatte alles organisiert. Sie fuhren mit einem Kleinbus. Anna genoss die Fahrt nach Prag. Endlich viel Zeit mit den Kindern und Enkelkinder verbringen. Sie war dankbar für jede Minute und blendete ihre Krankheit aus. Erst im Hotel bemerkte Anna ihre Krankheit wieder denn sie fand nicht gleich den Speisesaal. Aber glücklicherweise gab es im Hotel Wegweiser. Der Abend im Kreise ihrer Familie war sehr harmonisch. Sie freute sich auf den nächsten Tag.

Der Fahrer des Kleinbusses wusste genau wo er hinmusste und Anna erkannte von weitem das Gut. Petra hatte eine Führung bei dem jetzigen Eigentümer organisiert und Anna war darüber sehr glücklich. Sie schauten sich das Gut an und verglichen es mit den Bildern die sie noch von ihrem Vater hatte. Es war auch für die Kinder interessant. Nach der Führung lud man sie noch zu Kaffee und Kuchen ein und hatte sich viel zu erzählen. In dieser Nacht schlief Anna richtig zufrieden ein. Als besondere Überraschung hatte Petra für den zweiten Tag noch Karten für die Oper „Nabucco" reservieren lassen. Als Anna mit ihren Kindern in die Oper ging fühlte sie sich wie eine junge Frau. Petras Mann blieb mit den Kindern im Hotel. In der Pause genoss Anna die Bewunderung der anwesenden Menschen, ihr war wieder bewusst wie schön sie noch war. Und als zum Schluss der Gefangenenchor sang, dachte sie einen Moment, dass man nach so einem schönen Tag sterben könnte.

Die Reise war anstrengend für Anna aber sie vergaß darüber ihre Ängste vor dem drohenden Vergessen.

Zu Hause bemerkte sie immer wieder wie sie im Flur überlegte welche Tür zur Toilette führte und welche zum Schlafzimmer. Deshalb malte sie sich schöne Schilder die ihr den Weg zeigten. Sie wollte nicht noch einmal in den Garten rennen weil sie die Toilettentür nicht fand. Und sie freute sich auf die Reise mit Helga.

Helga und Anna waren fest entschlossen die Reise nach Moskau zu wagen. Als beide grünes Licht von den Ärzten hatten buchten sie also eine Flussfahrt nach Moskau. Dann war es endlich so-

weit. Sechs Wochen nach der Diagnose Krebs und Demenz be-
zogen sie ihre Außenkabine auf dem Schiff nach Moskau. Sie
waren aufgeregt wie zwei Schulmädchen. Als sie ihre Kleider
ausgepackt hatten gingen sie direkt in die Bar um auf ihre Reise
anzustoßen. Dann reservierten sie verschiedene Anwendungen
in der Beautyabteilung bevor sie sich in die Launch setzten. Sie
genossen den Blick aus dem großen Panoramafenster und das
Glas Champagner. „Weißt du Anna, nach der Diagnose schwar-
zer Hautkrebs dachte ich schon es wäre vorbei mit meinem Leben. Deshalb ist mir diese Schiffsreise so kostbar wie ein Diamant. Es kommt mir vor als ob die Welt schöner geworden ist.
Schau das Grün der Bäume und der blaue Himmel, ist das nicht
wunderschön!" Helga hatte Tränen in den Augen. Anna drückte
ihre Hand. „Ach Helga ich bin froh, dass wir das gemeinsam
erleben können. Ich habe Angst vor der Zukunft aber im Moment bin ich einfach nur glücklich." Helga nickte, sprechen
konnte sie nicht.

Am Abend kamen sie in Moskau an. Wegen Formalitäten konnten sie erst nach dem Abendessen einen Landgang machen. Vom
Restaurant aus sah man die atemberaubende Kulisse der Stadt.
Es wurde ihnen geraten nicht auf eigene Faust durch Moskau zu
gehen deshalb machten sie nur einen kleinen Rundgang am Hafen. Sie würden ja am nächsten Tag die Stadt mit einem Stadt-
führer sehen. Dann tranken sie noch ein Glas Champagner auf
dem Vorderdeck. „Darfst du eigentlich Alkohol trinken?" fragte
Helga. Anna zog die Schulter hoch „Das weiß ich nicht, ich habe
nicht gefragt." Helga warf ein „Aber wenn dein Zustand sich
dadurch verschlechtert?" Anna trank einen Schluck Champagner „Ach Helga vielleicht ist es auch gar nicht aufzuhalten. Wer
weiß das schon. Ich lebe heute und will das Heute auch genießen und zwar in vollen Zügen." Sie prosteten sich zu. „Und du,
darfst du Alkohol trinken?" Helga lächelte „Ich habe auch nicht
gefragt. Aber du hast vollkommen Recht. Wir leben heute. Sa-

lut." Nach dem prickelnden Glas Champagner gingen sie zu Bett.

Nachts wachte Anna auf um zur Toilette zu gehen. Im ersten Moment wusste sie nicht wo sie war. Glücklicherweise hatten sie ein Nachtlicht. Als sie ihre Freundin Helga erkannte fiel ihr wieder ein, dass sie in Moskau waren. Anna war froh, dass das nur einen Moment gedauert hatte, aber es machte ihr wieder Angst.

Nach dem Frühstück kam der Bus mit dem sie die Stadtrundfahrt machten. Am Roten Platz durften sie aussteigen und Bilder machen. Dann ging es auch wieder weiter. Zum Mittagessen fuhren sie aufs Land. Auf einem großen Gut war eine lange Tafel im Garten gedeckt, hier sollte es Moskauer Spezialitäten geben. Das Mittagessen war ausgezeichnet und sie kauften Würste und Käse für zu Hause. Am Nachmittag hatten sie noch eine Massage in der Beautyabteilung des Schiffes bevor sie sich zum Abendessen umzogen. An diesem Abend bekamen sie Sitzplätze zur Stadt hin und bewunderten Moskau bei Nacht. Der Tag war perfekt und sie wollten den Abend wieder auf dem Vorderdeck ausklingen lassen. „Ach Anna, das ist schöner als ich es mir erträumt hatte. Danke, dass du mich mitgenommen hast." Anna schüttelte den Kopf. „Ich habe dir zu danken, dass du mich begleitest. Ohne dich hätte ich mich nicht getraut. Zuerst Prag, jetzt Moskau und morgen sind wir in der Wachau, was wollen wir mehr."Helga nahm Annas Hand und hielt sie fest.

Das Wetter machte mit und so empfing sie die Wachau mit Sonne und 23 °Grad Wärme. Sie wanderten zu einem Weingut und besuchten ein typisches Folklorefest. Sie tanzten, lachten und amüsierten sich prächtig. Eine gelungene Reise.

Michael holte seine Mutter und Helga vom Hafen ab und brachte jede nach Hause. Als Anna wieder zu Hause war und ihm erzählte was sie alles gesehen hatte, war er erleichtert, dass es ihr so gut ging. „Du siehst gut aus Mama, das hat dir wirklich gut getan." Anna erzählte mit Freude von Moskau und der Wachau.

„Weißt du Michael, Helga und ich werden jetzt öfter verreisen, solange ich noch kann. Ich hoffe das ist dir recht?" Michael freute sich für sie. „Natürlich ist mir das recht. Solange es dir dabei gut geht." Anna wusste was er meinte. „Helga ist ehrlich zu mir. Wenn es mit mir nicht mehr geht, dann bleiben wir zu Hause. Im Hotel kam ich gut zurecht weil überall Wegweiser sind." Sie zeigte auf ihre eigenen Schilder. „Das habe ich nach der Prag-Reise gemacht." Michael schaute sie fragend an. Anna erklärte „Ich war schon im Flur gestanden und wusste ein paar Sekunden nicht wo die Toilette ist. Seit ich die Schilder habe kann ich einfach loslaufen. Dann bring ich vielleicht keine Wäsche mehr in die Spülmaschine." Anna lächelte. „Michael es geht mir gut. Ich nehme regelmäßig die Tabletten und habe mir vorgenommen nicht zu jammern." Während Anna ihren Koffer auspackte machte Michael ein paar belegte Brote. Anna aß mit großem Appetit und freute sich einfach mit Michael den Abend zu verbringen.

Später im Bett dachte sie über die Reise nach und über das Schicksal.

„Wie lange ich wohl noch mit Helga verreisen kann? Ich habe gemerkt wie sie mir die Bestellung abgenommen hat. Ich habe Angst. Ob ich wirklich bis zum Schluss zu Hause bleiben kann? Hoffentlich bin ich dann keine Belastung für meine Kinder."

Anna weinte bei dem Gedanken. Was gibt es denn für eine Alternative?

Sie überlegte einige Pflegeheime für Demenzkranke zu besuchen. Sie wollte auf keinen Fall eine Belastung für ihre Kinder werden.

Am nächsten Morgen rief Anna gleich bei Helga an. „Hallo Helga, ich wollte dich bitten mit mir zusammen ein paar Pflegeheime für Demenzkranke anzusehen. Von dem Arzt in der Klinik habe ich Adressen bekommen." Helga war einverstanden.

Sie schauten sich zuerst das mit den meisten „Sterne" ausgezeichnete Heim an. Anna dachte wenn es so toll ist, wie auf dem Prospekt angepriesen, kann ich mir die anderen ersparen. Sie dachte, dass es wie in einem Hotel wäre und das würde ihr bestimmt gefallen.

Als sie vor dem Heim parkten sahen sie den weitläufigen Park dahinter. „Helga schau ein riesiger Park nur für die Leute hier, toll." Aber als sie näher kamen sahen sie auch den Zaun der um den Park herum angebracht war. Anna sah Helga an und als diese trotzdem lächelte gingen sie hinein. Sie hatten sich angemeldet und die Heimleiterin führte sie herum. Sie zeigte ihnen zuerst ein paar wirklich schöne Zimmer und erklärte, dass man von zu Hause Möbel mitbringen konnte. Dann zeigte sie ihnen den Speiseraum und erklärte „So lange Sie noch alleine essen können sitzen unsere Gäste in dem ersten Speisesaal. Wenn Sie dann Hilfe brauchen kommen sie in den kleineren Speisesaal." Sie machte die Tür zu dem kleinen Speisesaal auf und da saßen einige Menschen am Tisch mit je einer Pflegekraft die sie fütterten. Es war schön eingerichtet und die Mitarbeiter machten einen freundlichen Eindruck. Aber...

Anna dachte. Hier sitze ich irgendwann und werde gefüttert? Wird es so kommen?

Da kam ein älterer Herr auf sie zu und strahlte Helga an. „Gnädige Frau ich bin alleine. Wollen wir tanzen gehen?" Er zwinkerte ihr zu und küsste ihr die Hand. Die Heimleiterin mischte sich schnell ein. „Herr Berger! Bitte gehen Sie schon mal vor in den Tanzsaal. Ich werde der Dame den Weg zeigen." Helga und Anna schauten sich fragend an. Als Herr Berger gegangen war sagte sie. „Bitte entschuldigen Sie. Er war früher ein Eintänzer auf einem Kreuzfahrtschiff und denkt er wäre immer noch dort." Obwohl es eine lustige Situation war tat ihnen der Mann leid. Dann kam ihnen eine Dame entgegen die sich eingenässt hatte und von einer Schwester in ihr Zimmer gebracht.

Anna schaute Helga an. Helga erkannte ihre Pein und übernahm. „Vielen Dank für die Führung wir werden uns wieder bei Ihnen melden. Auf Wiedersehen."

Als sie beim Auto ankamen atmete Anna tief durch. „Krebs wäre mir lieber gewesen." Anna merkte, dass sie laut gesprochen hatte „Entschuldige bitte, das war geschmacklos." Helga nahm Anna mit zu sich nach Hause. Nach diesem Schreck wollte sie sie nicht alleine lassen. Auf der Hinfahrt mussten sie aber doch über Herrn Berger lachen.

Sie kochten zusammen und gingen am Nachmittag noch spazieren. Plötzlich sagte Anna „Helga damit kann ich nicht leben! Kannst du dir vorstellen in einem Heim zu leben? Jetzt geht es noch und ich habe Spaß und Freude am Leben. Aber was ist in fünf Monaten oder in einem Jahr? Sitze ich dann noch in Speisesaal eins oder schon in zwei? Oh Helga, wieso gerade ich?"

Helga wusste nicht was sie darauf erwidern sollte. Sie war genauso traurig wie Anna. Anna sprach weiter „Lieber sterbe ich!" Helga war erschüttert. „Anna was redest du da? Vielleicht geht es bei dir nicht so schnell und du hast noch ein paar gute Jahre. Ich habe den Eindruck, dass dir die Medikamente gut tun." Anna nickte „Und wenn nicht? Keiner weiß wie schnell die Krankheit fortschreitet. Der Arzt war der Meinung, dass ich jetzt schon nicht mehr alleine leben sollte. Michael schläft jede Nacht bei mir. Und nächste Woche kommt eine polnische Pflegekraft."

„Eine Pflegekraft? Wieso jetzt schon?" Anna lachte „ Weil Michael in seiner eigenen Wohnung schlafen sollte und nicht bei mir." Helga blieb stehen und schaute Anna an. „Aber im Urlaub ging es dir doch gut. Du hast nachts mal nach der Uhr gefragt und wo die Toilette ist, aber sonst war alles okay." Anna erzählte, dass sie sich zu Hause Hinweisschilder an die Wand geklebt hatte damit sie die Toilette findet wenn es eilt. „Zweimal stand ich im Flur und wusste nicht wohin ich laufen soll. Dann sprang ich in den Garten." Sie schluchzte. Helga tröstete sie. „Anna wir müssen das Schicksal annehmen wie es ist. Hör mal, ich habe mir überlegt ob wir zusammen wohnen könnten, dann brauchst du keine Pflegerin. Zumindest solange nicht bis du wirklich ein Pflegefall bist." Anna trocknete ihre Tränen. „Ach Helga meinst du das ernst? Würdest du das wirklich wollen?" Helga nickte. „Lass uns später darüber reden." Anna sprach weiter „Es ist so ungerecht. Ich habe immer gearbeitet, habe die Kinder großgezogen und jetzt wo ich die Früchte meines Lebens einfahren könnte, ist alles schon wieder vorbei." Helga nickte „Ich dachte früher auch immer, wenn die Kinder groß sind, dann mach ich all das was ich in jungen Jahren nicht gemacht habe. Dann starb Konrad und ohne ihn wollte mir mein Leben keinen Spaß machen. Gott sei Dank habe ich dich. Und jetzt? Man darf nichts aufschieben. Das weiß ich heute!"

Anna stimmte ihr zu. „Sollen wir noch einmal verreisen?" Helga lächelte „Natürlich, welche Frage." Anna war aufgeregt. „Dann lass uns noch eine Reise wagen. Wo willst du hin?" Helga überlegte „Wir könnten mit dem Bus an den Gardasee fahren, da war ich früher mit Konrad so gerne. Wäre das auch etwas für dich?" Anna war erfreut „Mir ist es egal wohin wir fahren, Hauptsache wir fahren weg. Dann kann Michael die Pflegerin wieder nach Hause schicken." Helga fand das aber nicht gut. „Michael hat es nur gut gemeint. Sag ihm, dass wir noch einmal verreisen und sie später kommen soll."

Die Aussicht auf Urlaub stimmte Anna wieder froh und sie gingen direkt zum Reisebüro. Am Nachmittag sprachen sie dann über den Einzug bei Anna. Helga würde sich um den Haushalt und um Anna kümmern und eine Putzfrau um die Wohnung. Eine Pflegerin wäre nicht notwendig. Zumindest jetzt noch nicht. Anna fand die Idee toll. „Weißt du Anna, mein Haus ist mir sowieso zu groß geworden, dann kann ich es in aller Ruhe verkaufen und mir eine kleine Eigentumswohnung suchen. Die Möbel lagere ich ein bis ich etwas gefunden habe und in der Zwischenzeit wohne ich bei dir." Anna war begeistert. „Ich habe morgen einen Termin bei meinem Notar. Petra und Michael kommen dazu. Wir besprechen den Erbvertrag sowie die Patientenverfügung und alle Vollmachten die die Kinder brauchen. Ich werde sie von unseren Plänen unterrichten. Das ist eine richtig gute Idee. Ich schreibe es gleich auf meine Liste." Helga schaute die Liste an. Da stand Annas Adresse, die Adresse ihres Arztes, Michaels Telefonnummer und die Adresse von Helga mit Telefonnummer. Dann der Termin beim Notar mit Adresse und Uhrzeit. Ganz zum Schluss stand der Satz:

„Ich habe Demenz".

Helga schaute Anna an „Was ist das denn?" Anna flüsterte. „Ich möchte sicher gehen, dass ich wieder nach Hause komme wenn ich das Haus verlasse." Helga fand das jetzt schon übertrieben aber sie schrieb „Einzug Helga" darunter. Dann brachte sie Anna nach Hause und fuhr direkt zu ihrem Makler.

Der Termin beim Notar war für Anna deshalb wichtig, weil sie mit klarem Verstand ihren Kindern geordnete Verhältnisse hinterlassen wollte. Petra und Michael waren sich schnell einig. Michael der Kunst studierte und Annas Galerie weiterführte, sollte die Galerie bekommen. Petra bekommt nach ihrem Tod das Haus und das Bar-Vermögen wird geteilt. Jetzt war Anna beruhigt und sie lud die Beiden zum Essen ein. Als sie beim Essen saßen fiel Anna wieder die Liste ein. Sie las „Einzug Helga" und erzählte, dass Helga zu ihr ziehen würde wenn Petra und Michael nichts dagegen hätten. Die Beiden waren von der Idee begeistert. So wäre Anna nicht mehr allein und sie hätte Hilfe im Haushalt. Das wichtigste aber wäre, dass Anna nachts nicht alleine war. Michael versicherte Anna, dass er der Pflegekraft absagen konnte und er sich um eine Putzkraft kümmert.

Dann genoss Anna das Essen mit ihren Kindern in vollen Zügen. Petra nahm Anna noch mit zu sich nach Hause. Maike und Lara freuten sich die Oma zu sehen und Anna hatte Geschenke dabei. Sie drückte jede ganz lange und roch an ihren Haaren. Der Duft der Kinder ist der schönste Duft der Welt, dachte sie. Anna blieb bis zum Abendessen und fand, dass das ein schöner Tag war.

Zu Hause schrieb sie Briefe. Für Petra, für Michael sowie für Maike und Lara. Sie wollte ihren Kindern und ihren Enkelkinder einen handgeschriebenen Brief hinterlassen. Sie wollte, dass sie diese Briefe als Erinnerung haben wenn sie sich nicht mehr an sie erinnern kann oder wenn sie nicht mehr schreiben kann. Während des Schreibens musste sie immer wieder ihre Tränen trocknen, es tat sehr weh Abschied zu nehmen.

Helga regelte ihre Angelegenheiten und zog noch vor der Reise an den Gardasee zu Anna. Sie brachte nur ihre Kleider mit und machte es sich in dem großen Gästezimmer gemütlich. Mehr brauchte sie im Moment nicht. Am Abend ihres Einzugs saßen sie lange im Wohnzimmer und schmiedeten Pläne. Für Anna war Helgas Einzug ein Glück. Helga gab Anna beim Frühstück das Salz wenn sie sich auf dem Tisch umsah und nicht wusste was sie eigentlich suchte. Sie machte Frühstück und sie besorgten zusammen noch Kleinigkeiten für die Reise. Dann packten sie die Koffer und es ging Richtung Gardasee.

Die Anfahrt an den Gardasee war lange und anstrengend, aber im Hotel angekommen, machte das große Zimmer und der Blick auf das Meer, alles wieder wett. Das Abendessen war sehr gut und sie fühlten sich wohl. Am nächsten Morgen baten sie die einzige allein reisende Dame an ihren Tisch, damit sie nicht alleine essen musste. Die freundliche Dame stellte sich vor. „Danke, dass Sie mich an Ihren Tisch gebeten haben. Mein Name ist Elionore, Sie können auch Lore zu mir sagen." Helga und Anna fanden Elionore auf Anhieb sehr sympathisch. So ergab es sich, dass die Drei nicht nur jede Mahlzeit zusammen einnahmen sondern auch alle Ausflüge gemeinsam buchten. An ihrem letzten Abend wirkte Elionore traurig. „Liebe Helga, liebe Anna, ich könnte euch meine Adresse geben und sagen dass wir uns nach dem Urlaub treffen können, aber das geht leider nicht. Das ist meine letzte Reise, ich bin sehr krank und werde nach meiner Rückkehr nicht mehr lange in der Lage sein, Briefe zu schreiben oder zu telefonieren."

Helga und Anna schauten zuerst sich und dann Elionore an. Anna tätschelte die Hand von Elionore. „Das tut mir sehr leid. Was hast du denn?" Elionore erzählte von ihrem langen Kampf gegen den Brustkrebs. Als junge Frau hatte sie schon eine Brust abgenommen bekommen und gedacht sie hätte den Krebs besiegt. Aber an ihrem 70zigsten Geburtstag kam er zurück und nach fünf Jahren hat der Krebs gewonnen. Anna schluckte tapfer die Tränen weg „Dann ist das ein Abschied für immer! Ich habe mich wirklich sehr gefreut dich kennen zu lernen und wenn die Dinge anders wären, dann wäre bestimmt eine schöne Freundschaft entstanden." Helga nickte „Das sehe ich auch so." Elionore war gerührt und bekam feuchte Augen. „Ich danke euch für die schöne Zeit. Um ehrlich zu sein, gehe ich nicht ins Krankenhaus sondern in die Schweiz." Als Anna und Helga sie verständnislos anschauten erklärte sie weiter. „Ich möchte, solange ich noch kann, selbst bestimmen wie ich sterbe. Der Krebs bringt mich auf jeden Fall um. Aber ich möchte nicht so lange warten. Deshalb habe ich mich entschlossen in die Schweiz zu gehen und in einem Institut einen Cocktail zu trinken um, na ja, meine letzte Reise anzutreten."

Sie waren sprachlos und betroffen. Anna fand ihre Sprache zuerst. „Du meinst selbstbestimmt sterben?" Elionore nickte „Ja, ich möchte friedlich ohne Schmerzen einschlafen. Deshalb wollte ich noch einmal meinen geliebten Gardasee sehen und direkt danach in die Schweiz fahren. Ich habe zu Hause alles geregelt und kann jetzt gehen."

„Du bist eine sehr mutige Frau Elionore, ich habe großen Respekt vor deiner Entscheidung." Helga war wirklich ergriffen. Aber Elionore lies nicht zu, dass eine traurige Stimmung aufkam. „So Mädels, ich gehe jetzt ins Bett, morgen fahren wir schon früh los und ich muss noch meinen Koffer packen. Schlaft gut, bis morgen." Sie drückte Anna sowie Helga einen Kuss auf die Wange und ging. Helga und Anna waren erschüttert und neugierig. „Auf so eine Idee würde ich gar nicht kommen" sagte Helga. Anna nickte nachdenklich. „Komm lass uns auch aufs Zimmer gehen, wir können uns beim Koffer packen unterhalten."

Am nächsten Tag verbrachten Helga, Anna und Elionore die Rückreise zusammen. Sie erzählten sich von ihren Leben und Lieben. Anna fragte ob Elionore alleine in die Schweiz fahre. Elionore antwortete „Ja leider. Mein Mann starb schon vor langer Zeit und wir haben keine Kinder. Von meinen Freunden möchte mich keiner begleiten. Sie haben Angst vor dem Tod." Anna dachte nicht lange nach. „Wir könnten doch mitkommen?" Helga starrte Anna entsetzt an. Elionore lächelte. „Danke Anna, aber das möchte ich euch nicht zumuten." Aber Anna brach fast das Herz wenn sie daran dachte, dass Elionore alleine sterben sollte. „Bitte überdenke deinen Entschluss. Hier hast du meine Telefonnummer. Ruf einfach an wenn du das Bedürfnis hast." Sie übergab ihr eine Visitenkarte. Dann kam der endgültige Abschied. Sie drückten sich lange und gingen dann wortlos auseinander. Es war alles gesagt.

Helga und Anna wurden von Michael abgeholt. Durch diesen Umstand fielen sie nicht in eine Traurigkeit sondern mussten vom Urlaub erzählen. Doch als sie die Koffer ausgepackt hatten und im Wohnzimmer saßen sprachen sie das Thema noch einmal an. „Ich finde Elionore ist sehr mutig, was meinst du Helga?" Helga gab nicht gleich eine Antwort. Erst als Anna sie anschaute seufzte sie. „Das finde ich auch. Selbst zu entscheiden wann man und vor allen Dingen wie man geht ist eine gute Sache. Dennoch hätte ich auch Angst davor." Anna nahm Helga in den Arm. „Jeder Mensch muss irgendwann sterben Helga, die Frage ist wie?" Sie ließen es darauf beruhen und gingen zu Bett.

Anna lag noch lange wach. Sie überlegte.

„Ist das die Lösung für mein Problem? Einfach einen Cocktail trinken und einschlafen, fertig. Tut nicht weh und ich muss nicht leiden. Sterben muss ich sowieso irgendwann, warum nicht jetzt? Was ist wenn ich in ein paar Monaten gar nicht mehr weiß, dass ich so eine Möglichkeit habe?"Mit diesem Gedanken schlief Anna endlich ein.

Beim Frühstück sagte Helga plötzlich. „Ich habe die ganze Nacht an Elionore gedacht." Anne atmete tief ein und sagte „Ich habe auch die ganze Nacht daran gedacht. Ich habe mir überlegt ob die Schweiz auch etwas für mich wäre." Helga war empört „Das kannst du nicht wollen!" Annas Stimme war fest „Ich habe in letzter Zeit viel über die Krankheit gelesen damit ich weiß was mich erwartet. Es macht mir Angst. Demenz kam in meiner Lebensplanung nicht vor." Helga verstand. „Wir wissen alle nicht wie die letzten Jahre aussehen. Aber ich finde du bist mit der Einnahme der Tabletten viel klarer geworden. Wenn ich von deiner Diagnose nichts wüsste, würde ich es nicht bemerken. Bei der ersten Reise nach Moskau hat man bei dir eine Unsicherheit bemerkt, aber jetzt? Anna das wäre wirklich schade wenn du so früh aufgibst! Und denk bitte an deine Kinder."

Anna sagte jetzt etwas lauter „Genau das tue ich. Meinst du es ist schön eine Mutter zu besuchen, die nicht mal ihr eigenes Kind erkennt.

Nicht mehr mit ihnen lachen oder reden kann. Vielleicht läuft mir die Spucke aus dem Mund und ich leere das Glas Wasser einfach aus weil ich nicht mehr weiß wie man trinkt!" Annas Augen wurden feucht. Helga war zutiefst erschrocken. „Anna, ich glaube nicht, dass es so schnell geht. Ich meine" Helga suchte nach den richtigen Worten „ Herrgott, ich möchte dich jetzt noch nicht verlieren!" Jetzt weinte Helga auch. Sie lagen sich lange in den Armen. Dann ergriff Anna wieder das Wort. „Du hast doch gesehen was mich erwartet. Demenz ist nicht heilbar!" Helga wusste nicht was sie dazu sagen sollte. Anna redete weiter. „Jetzt bin ich noch bei klarem Verstand, aber vielleicht kann ich mit fortgeschrittener Demenz nicht mehr in die Schweiz fahren? Vielleicht darf das Institut demenzkranke Menschen gar nicht aufnehmen? Was dann?" Um etwas zu tun räumte Helga den Tisch ab.

Sie waren so in Gedanken versunken, dass sie sich über das Klingeln des Telefons sehr erschraken. Anna nahm den Anruf entgegen. Helga hörte zu. „Hallo Elionore. Schön deine Stimme zu hören. Ja, Helga ist auch hier. Wirklich?" Helga ahnte was auf sie zukam. Sie hörte Anna sagen „Natürlich kommen wir mit. Moment bitte." Sie legte eine Hand auf den Hörer und flüsterte Helga zu „Sie fragt ob wir sie in die Schweiz begleiten würden. Bist du dabei?" Helga schaute sie an und nickte. Als Anna aufgelegt hatte setzte sie sich zu Helga. „Sie möchte doch nicht alleine sterben. Und das Institut braucht einen Zeugen. Komm wir reservieren die Bahnkarten, sie hat uns ein Hotel gebucht. Ich habe die Adresse aufgeschrieben. Morgen fahren wir in die Schweiz."

Anna und Helga packten am nächsten Morgen nur das Nötigste in einen kleinen Koffer und bestellten ein Taxi. Sie wollten mit dem ICE fahren und würden dort von einer Person des Instituts abgeholt werden. Elionore hatte alles organisiert. Im ICE sprachen sie nicht viel. Anna musste an Elionore denken. „Ich dachte gerade an Elionore. Sie war so gefasst als sie uns von ihrem Vorhaben erzählte und doch hat sie auch Angst." Helga lächelte traurig „Ich bin sehr aufgeregt. Und ich habe ehrlich gesagt auch Angst." Aber Helga konnte Elionore verstehen und respektierte ihre Entscheidung.

In Chur wurden sie abgeholt und in ein kleines Hotel etwas außerhalb der Stadt gebracht. Es war ein schönes aber schlichtes Haus mit einem wunderschönen Garten. Sie wurden auf ihre Zimmer gebracht. Dann kam Elionore. Sie begrüßte Anna und Helga herzlich und erklärte das Vorgehen am nächsten Morgen. „Ich möchte den Cocktail im Pavillon im Garten einnehmen. Danke, dass ihr mich begleitet. In der letzten Konsequenz hatte ich doch Angst alleine zu sterben. Und das Institut braucht Zeugen. Jemand muss die tote Person identifizieren."

Helga und Anna wollten sich den Pavillon im Garten anschauen. Es war ein wunderschöner Garten mit einem Glaspavillon in dem mehrere Sessel und eine Liege standen. Sehr edel und schön eingerichtet. Anna staunte „Wie im Paradies". Helga und Elionore nickten. Das Institut legte Wert darauf, dass man seine Entscheidung noch einmal überdenken konnte, deshalb war eine Übernachtung ein Muss. Nach einem Spaziergang an einem nahe gelegen See gab es ein leichtes Abendessen. Natürlich hatten sie Angst vor dem nächsten Tag und dem Augenblick des Sterbens. Aber sie hatten auch gesehen, dass Elionore in der kurzen Zeit vom Ende der Gardasee Reise bis jetzt nochmal sehr abgenommen hatte und wirklich sehr schlecht aussah. Helga und Anna tranken an dem Abend noch ein Glas Wein um vor Aufregung schlafen zu können.

Das Frühstück am Morgen wollte ihnen nicht so recht schmecken. Elionore hatte schon ein leichtes Frühstück eingenommen und war in der Zeit beim Arztgespräch. Dort musste sie noch einige Dokumente unterschreiben und kam dann zu Anna und Helga in den Frühstücksraum.

Es war alles getan. Elionore, Helga und Anna gingen in den Garten zu dem Pavillon.

Dort stand der Cocktail. Sie waren jetzt allein. Elionore sagte Anna und Helga wie dankbar sie war den letzten Weg nicht alleine gehen zu müssen. Dann trank Elionore den Cocktail in einem Zug leer und legte sich auf die weiche Liege. Anna und Helga setzten sich rechts und links neben sie und hielten sie an den Händen. Elionore wurde müde, sie lächelte „Danke, dass ihr hier seid."Anna drückte ihre Hand und antwortete „Wir sind froh, dass wir dich begleiten dürfen. Wir haben noch eine Überraschung für dich. Hör mal, unsere Lieblingsoper." Elionore schaute Anna fragend an.

Jetzt hörten sie die Musik. Es sang der Gefangenchor aus Nabucco. Elionore lächelte. Zum Sprechen war sie zu müde. Helga und Anna schauten sich an und weinten.

Am Ende des Liedes war Elionore für immer friedlich eingeschlafen. Sie hatte ein Lächeln auf den Lippen und sah schön aus.

Helga öffnete ein Fenster und als der starke Rosenduft herein strömte dachten sie einen Moment an den Gardasee. Anna sagte „Elionore auf Wiedersehen und gute Reise." Dann zündeten sie ein paar Kerzen an und saßen einfach noch bei ihr. Helga und Anna sprachen über ihre gemeinsame Reise an den Gardasee. Nach einer halben Stunde kam eine Ärztin des Instituts. Sie stellte den Tod fest und bat Anna und Helga noch ein paar Dokumente zu unterschreiben. Dann verabschiedeten sich Anna und Helga von Elionore und fuhren nach Hause.

Im Zug ließen sie das Geschehene noch einmal Revue passieren. Helga sprach zuerst „Wenn ich an Konrads Tod denke, das war ein Kampf auf der Intensivstation. Aber das „Hinübergleiten" von Elionore war wirklich schön, wenn der Tod überhaupt etwas Schönes hat." Anna nickte „Hast du ihr Gesicht gesehen? Wie entspannt und friedlich sie ausgesehen hat. Sie hatte ein Lächeln auf den Lippen. Ich bin froh, dass wir das für sie tun konnten." Helga war der gleichen Meinung. Sie sprachen die ganze Fahrt über von Elionore und dem Institut.

Zu Hause bekam Anna ein neues Medikament und einen Ernährungsplan. Schon nach zwei Monaten schlug das Medikament bei Anna sehr gut an. Sie traute sich wieder alleine einzukaufen und konnte ohne Hilfe Kreuzworträtsel lösen. Es gab hin und wieder Minuten in denen Anna nicht wusste was gerade war, aber sie hatte wieder Mut das Schicksal anzunehmen. Ihr blieb nichts anderes übrig denn das Schweizer Institut hatte ihr mitgeteilt, dass Menschen mit Demenz nicht aufgenommen werden, da davon auszugehen ist, dass sie nicht wissen was sie tun.

Helga verkaufte in der Zeit ihr Haus und war noch auf der Suche nach einer geeigneten Wohnung. Sie genossen die gemeinsamen Mahlzeiten und auch wieder das Golfspielen. Anna zuliebe verzichtete Helga auch auf das abendliche Glas Wein und stellte ebenfalls ihre Ernährung um. Nach einem Routinecheck bei ihrem Arzt stellte dieser fest, dass Helga keinen hohen Blutdruck mehr hatte. Also bekam ihr die Ernährung mit Kokosfett und viel frischem Gemüse genauso gut wie Anna.

Zur Feier des Tages tranken sie aber ausnahmsweise ein kleines Glas Wein und fühlten sich wie Teenager die etwas Verbotenes taten. Sie mussten die ganze Zeit lachen. Dann war es soweit, Anna wollte noch etwas loswerden. „Helga, ich möchte noch etwas mit dir besprechen." Als sie Helgas überraschten Blick sah legte sie schnell ihre Hand auf ihre Hand. „Keine Angst, mir geht es gut. Ich wollte dich etwas fragen." Und nach einer kleinen Pause traute sie sich dann auch. „Möchtest du nicht ganz bei mir einziehen? Mit deinen Möbeln? Wir teilen das Haus so auf, dass du deine eigenen Räume hast. Wie in einer WG. Nur die Küche hätten wir gemeinsam. Reicht dir das Gäste Bad oder sollen wir tauschen?" Helga war tief bewegt. Sie hatte sich zwar immer mal wieder Wohnungen angeschaut aber wenn sie daran dachte, dort wieder alleine zu leben, gefiel ihr keine Wohnung richtig gut. Helga wohnte gerne mit Anna zusammen, sie harmonisierten sehr gut und Helga hatte nicht das Gefühl ein Gast zu sein. Deshalb kamen ihr auch ein paar Tränen der Freude. „Ach Anna, das ist eine wirklich gute Idee. Ich fühle mich bei dir sehr wohl und in einer Senioren-WG wollte ich schon immer leben." Da hatten sie gleich noch einen Grund zum Feiern. Anna lag an diesem Abend noch lange wach und dachte über ihr Schicksal nach. Sie hatte es angenommen und hoffte noch einige gute Jahre mit Helga zu haben. Wenn sie an Helga dachte ging ihr das Herz über vor lauter Dankbarkeit und Liebe für ihre Freundin. Sie überlegte, dass niemand weiß wie das Ende eines Lebens aussehen wird, auch nicht wenn man Demenz hat. Aber mit einem Menschen an der Seite der es gut mit einem meint hat man wieder Mut es bis zum Ende durchzuhalten. Anna fiel dazu ein Zitat von Rainer Maria Rilke ein:

Darin besteht die Liebe:

Dass sich zwei Einsame beschützen und berühren

und miteinander reden.

Wahres Glück.....

Maren war froh endlich Feierabend zu haben. Der Tag in der Buchhandlung war anstrengend, es kamen heute viele neue Bücher rein, die ausgezeichnet und einsortiert werden mussten. Aber es war ein Traum für Maren als Buchhändlerin zu arbeiten. Schon als kleines Kind wollte sie nur lesen und später einmal in einer Buchhandlung arbeiten. Sie liebte es Bücher zu lesen und sich jedes Mal ganz darauf einzulassen. Während sie ein Buch las war sie nicht Maren, sie war die Person über die sie las. Peter ihr Verlobter verstand sie manchmal nicht. Wenn sie ein besonders trauriges Buch gelesen hatte kam es vor, dass sie tagelang traurig war und immer wieder darüber nachdachte warum die Geschichte so ausging. Peter war Kunst-Architekt, er hatte gerade ein Glasprojekt für ein Bankhaus in Frankfurt fertiggestellt. Er wurde in der Presse gelobt und war oft auf Ausstellungen und Vernissagen eingeladen. Manchmal begleitete Maren ihren Verlobten, aber heute wollte sie nur noch ein Bad nehmen und ihre Füße hochlegen. Außerdem kam heute Abend noch Gitta ihre beste Freundin vorbei. Sie wollte Maren bei den Einladungen zur Hochzeit helfen. Maren hatte die Einladungskarten wie ein Buch gestaltet und sie heute von der Druckerei abgeholt. Jetzt mussten sie nur noch verpackt und frankiert werden. Als Maren an ihre bevorstehende Hochzeit dachte musste sie unwillkürlich lächeln.

Letzte Woche war sie mit ihrer Mutter und Gitta in einem Brautgeschäft und hatte sich einen Traum von Brautkleid gekauft. Es war ein beiges Empirekleid und obwohl es schlicht war, war es von einer unglaublichen Eleganz. Es passte zu ihrem Teint und ihren dunklen, langen Locken. Marens Mutter hatte Tränen in den Augen als Maren das Kleid vorführte. Auch Gitta war der Meinung, dass das Kleid perfekt zu ihr passte. Jetzt hing es bei Marens Mutter und wartete auf ihre Trägerin. Die Hochzeit war zwar erst in zwei Monaten, aber Maren war Perfektionistin und wollte sich in den letzten Wochen nur noch auf den Brautstrauß und den Blumenschmuck in der Kirche kümmern. Sie lächelte als sie sich vorstellte was Peter für Augen machen wird, wenn er sie in diesem Brautkleid sah. Gerade fuhr sie an der Bäckerei vorbei in der es immer das leckere Bauernbrot gab das Peter so mochte. Ohne es zu merken hatte sie schon gebremst und setzte jetzt erst den Blinker. In diesem Moment krachte es ganz fürchterlich und Marens Auto wurde in die Luft geschleudert. Maren sah es in letzter Sekunde im Rückspielgel, ein LKW raste auf sie zu. Dann war es dunkel um Maren.

Peter war in Frankfurt und wurde an diesem Abend für sein Glasprojekt gefeiert. Ganz Frankfurt schien da zu sein. Die Presse riss sich um ihn und viele Gäste wollten ein persönliches Bild mit dem Künstler. Er verzichtete auf Alkohol weil er nach der Feier noch nach Heidelberg zurückfahren wollte. Er wollte noch mit Maren feiern. Sie stellte den Champagner heute Morgen in den Kühlschrank als er sich verabschiedete. Dann nahm sie seinen Kopf in ihre Hände und küsste ihn innig und lange. Das machte sie immer wenn er eine Reise machte, auch wenn es nur bis Frankfurt war. Wenn er in seinem Atelier in Heidelberg arbeitete war die Verabschiedung morgens nicht ganz so intensiv. Sie sagte immer, dass man nie weiß ob der Andere abends noch einmal nach Hause kommt, bei dem Verkehr heutzutage auf der Autobahn. Er lächelte als er an die Verabschiedung am Morgen dachte, sie machte ihm deutlich, dass es neben dem Champagner auch Sex geben würde heute Abend. Und das wollte Peter auf keinen Fall verpassen. Also wollte er so früh wie möglich nach Hause fahren. Weil es so warm war in der Eingangshalle hängte er seine Jacke in die Garderobe. So hörte er nicht, dass das Handy immer wieder klingelte. Gegen 21:30 Uhr machte er sich dann auf dem Weg zu seinem Auto. Als er im Auto saß, klingelte sein Handy wieder. „Peter um Gottes Willen, warum gehst du nicht an dein verdammtes Handy!" Es war Gitta, sie schrie ihn förmlich an. „Maren hatte einen Unfall, sie liegt in der Kopfklinik und wird gerade operiert!" Peters Herz blieb vor Schreck fast stehen. „Wie, wo, was ist denn passiert?" Peter konnte keinen richtigen Satz herausbringen. „Ein LKW ist ihr aufgefahren und hat ihr Auto förmlich in die Luft geschleudert. Mehr weiß ich auch nicht, ihre Mutter hat mich informiert, ich fahre jetzt in die Klinik. Wie lange brauchst du?" Peter schaute auf die Uhr. „Gitta ich komme direkt zur Kopfklinik, wenn es gut läuft bin ich in spätestens 60 Minuten da!" Peter legte mit zitternden Händen auf und atmete drei Mal tief durch. „Ganz ruhig Peter, es wird alles gut. Maren ist eine Kämpferin, sie wird wieder gesund und wir heiraten in zwei Monaten." Als er sich beruhigt hatte raste er nach Heidelberg.

Gitta und Marianne, Marens Mutter, saßen in dem Aufenthaltsraum vor dem OP-Bereich. Sie sprangen auf als Peter hereinkam. Peter umarmte zuerst Marianne und dann Gitta. „Wisst ihr schon wie es ihr geht?" Marianne schüttelte den Kopf. „Sie wird immer noch operiert. Es war nur eine Schwester da, die darf uns aber nichts über ihren Zustand sagen. Das würde später der Arzt übernehmen, der operiert, wir müssen Geduld haben." Peter nickte und hielt Mariannes Hand. Gitta wollte beide aufmuntern und sagte „Maren ist eine Kämpferin, sie wird wieder gesund. Sie will heiraten, das lässt sie sich nicht entgehen." Marianne und Peter nickten, aber sie brachten kein Lächeln zustande. „Das Schlimmste ist das Ungewisse. Wir wissen nicht wie schwer sie verletzt ist und was genau verletzt ist" sagte Marianne leise. Peter nahm sie in den Arm. „Wann ist es denn passiert?" Marianne blickte ihn an. „Heute Abend um 19:30 Uhr." Peter schaute auf seine Uhr, es war 22:45 Uhr. Das war kein gutes Zeichen. Er konnte es nicht mehr aushalten und machte sich auf die Suche nach einer Schwester. Auf dem Flur sprach er eine Schwester an. „Guten Tag, ich bin Peter Förster, meine Verlobte Frau Maren Albert hatte einen Unfall und wurde hier eingeliefert. Können Sie mir bitte sagen wie lange sie noch operiert wird und was eigentlich los ist? Ihre Mutter, Frau Albert ist auch da. Wieso bekommen wir keine Auskunft?" Die Schwester war freundlich „Herr Förster, ich weiß auch nur, dass die OP immer noch andauert. Leider kann ich ihnen keine Auskunft geben. Bitte haben Sie noch etwas Geduld, sobald die OP fertig ist, kommt der Chirurg und sagt ihnen wie es ihrer Verlobten geht." Es war zum Verrücktwerden. Also setzte er sich wieder zu Marianne und Gitta in den Aufenthaltsraum.

Eine halbe Stunde später kam der Arzt. „Frau Albert ich habe keine gute Nachricht für Sie." Marianne wurde von Peter gestützt. „Ihre Tochter hat durch den Unfall einen Arm und beide Beine gebrochen, es sind glatte Brüche die wir geschient und geschraubt haben. Es gab keine inneren Verletzungen, das ist soweit gut. Leider hat sie aber ein Schädel-Hirn-Trauma erlitten. Wir haben sie stabilisiert und sie wird auf der Intensivstation gut versorgt."

Er holte tief Luft, da kam also noch etwas! Peter und Marianne hielten sich noch fester an den Händen. „Frau Albert, ihre Tochter liegt im Koma." Marianne fing an zu weinen, Gitta nahm sie in den Arm. Peter starrte den Arzt einen Moment an bevor er etwas sagen konnte. „Ich bin der Verlobte von Frau Maren Albert, was bedeutet Koma in diesem Fall?" Der Arzt nahm Peter zur Seite. „Wir hoffen, dass sie bei fortschreitender Genesung wieder aufwacht. Es ist nicht ungewöhnlich, dass aufgrund dieser schweren Kopfverletzungen ein Koma vorrübergehend auftritt. Aber wir können nicht mit Bestimmtheit sagen wann das sein wird." Peter hatte Fragen. „Wird sie wieder aufwachen? Wird sie wieder gesund? Ich meine, wir wollen in zwei Monaten heiraten!" Peter starrte den Arzt mit angstgeweiteten Augen an.

Der Arzt sprach ruhig und leise. „Herr Förster, so leid es mir tut, aber sie müssen die Hochzeit absagen. Auch wenn Ihre Verlobte in den nächsten Tagen oder Wochen wieder aufwacht, wissen wir noch nicht in wieweit das Gehirn geschädigt wurde. Und die Knochenbrüche müssen auch erst verheilen. Dazu kommt noch eine mehrwöchige Rehabilitation. Erst wenn sie aufwacht, können wir mit Bestimmtheit sagen ob sie wieder ganz gesund wird." Peter war fassungslos. Er war eigentlich hart im Nehmen aber diese Nachricht haute ihn um. Er drehte sich weg und weinte.

Eine ruhige Stimme unterbrach das Weinen der Anwesenden. „Guten Abend, ich bin Pater Abraham. Herr Doktor Weil, können die Angehörigen die Patientin jetzt sehen? Maren ist zwar umgeben von Apparaten und Schläuchen, aber ich bin sicher, dass es Ihnen und auch der Patientin gut tun würde wenn sie kurz zu Ihr könnten." Doktor Weil stimmte zu und so wurden sie zur Intensivstation gebracht.

Maren lag alleine in einem Zimmer. Marianne ging langsam zu ihrer Tochter und nahm ihre Hand. „Maren mein Schatz, ich hoffe du kannst mich hören. Es wird alles wieder gut, wir werden alles tun damit es dir besser geht." Peter trat an die andere Seite des Bettes und nahm die andere Hand. „ Mein Liebling, ich bin auch da und Gitta. Bitte, du musst kämpfen." Er konnte nicht mehr sprechen weil er wieder weinen musste. Pater Abraham führte Peter, Marianne und Gitta behutsam aus dem Zimmer. „Die Patientin braucht jetzt Ruhe." Pater Abraham leitete die Seelsorgeabteilung des Krankenhauses und wusste aus Erfahrung, dass man die Familie des Patienten behutsam an das Thema Koma heranführen musste.

Er war sich sicher, dass jeder Komapatient hörte was gesprochen wurde und wollte mit den Angehörigen darüber reden. Er führte die Drei in seine Räume. Da gab es eine kleine Küche, ein Bad mit Toilette, ein gemütliches Wohnzimmer und ein kleines

Schlafzimmer. Manchmal blieb er auch über Nacht wenn es notwendig war. Dort angekommen schenkte er jedem erst einmal einen Beruhigungstee ein. „Die nächsten Tage und Wochen werden schwer sein für sie alle, deshalb möchte ich Ihnen sagen, dass ich immer zu erreichen bin. Sprechen Sie mit mir wenn Sie hier sind. Ruhen Sie sich hier aus wann immer Sie wollen. Ich wollte Sie bitten Ihre Worte zu wählen die Sie der Patientin sagen. Sehen Sie, aus Erfahrung weiß ich, dass die Komapatienten vieles hören und manchmal sogar sehen können. Sie können sich zwar nicht bemerkbar machen aber sie bekommen alles mit. Deshalb ist es wichtig ehrlich zu sein aber die Patientin nicht aufzuregen. Das ist bestimmt schwer weil man ihr sagen will, dass man sie braucht, dass sie kämpfen soll weil man sie liebt, dass sie die Hoffnung nicht aufgeben soll usw. Aber versuchen Sie dennoch es so zu sagen, dass es wie eine Bitte ist und keine Forderung. Wichtig ist, dass oft jemand da ist und mit ihr spricht. Lesen Sie ihr aus der Zeitung vor oder lesen Sie ein ganzes Buch." Pater Abraham machte eine kleine Pause damit seine Worte sich setzen konnten.

„Hat sie eine Lieblingsmusik? Dann bringen Sie einen Musikrecorder mit und spielen ihr Lieblingslied. Beschäftigen Sie sich mit ihr. Natürlich können Sie auch einfach nur dasitzen und ihre Hand streicheln. Aber bedenken Sie, die Stille hat sie den ganzen restlichen Tag und die Nacht durch. Ich weiß, dass Sie jetzt verzweifelt sind. Aber ich bitte Sie, haben Sie Hoffnung das ist jetzt das Wichtigste. Wollen wir gemeinsam ein Gebet sprechen?"

Marianne, Gitta und Peter hatten aufmerksam zugehört und sich soweit beruhigt, dass sie gemeinsam ein Gebet sprachen. Die ruhige Stimme des Paters und das Gebet gaben ihnen wirklich Hoffnung und sie beruhigten sich. „Wir haben einen Fahrdienst hier, soll Sie jemand nach Hause bringen? Sie müssen sich ausruhen und Sie werden auch einige Dinge zu erledigen haben bevor Sie dann morgen wieder ins Krankenhaus gehen."

Gitte brachte Marianne nach Hause und blieb die Nacht bei ihr. Peter fuhr nach Hause und wollte am nächsten Tag in der Buchhandlung Bescheid geben. Als er zu Hause angekommen war wurde ihm die Tragweite dieses Unglücks erst richtig bewusst. Auf dem Tisch lagen die Einladungen, er schüttelte den Kopf. Sie müssen nicht mehr verschickt werden. Er trank einen Cognac und legte sich auf die Couch. Aber schlafen konnte er nicht. Immer wieder sah er Maren daliegen mit all den Schläuchen und Apparaten. Wie soll es ohne Maren weitergehen? Sie muss wieder aufwachen, sie muss wieder gesund werden.

Da er nicht schlafen konnte machte er sich Notizen was er alles erledigen sollte weil Maren im Krankenhaus war. Die Einladungen waren noch nicht verschickt, aber auf dem Standesamt und beim Pfarrer musste er Bescheid geben. Das Restaurant anrufen und zum Reisebüro gehen und die Flitterwochen stornieren. Marens Freunden Bescheid geben. Seine Familie anrufen.

Peter war ein Einzelkind und war erleichtert, dass seine Mutter und Maren sich gut verstanden. Seine Mutter sagte immer, dass sie mit Maren eine Tochter dazubekommt. Dann übermannte ihn doch die Müdigkeit und er schlief bis 7:00 Uhr in der Früh. Als er geduscht hatte rief er zuerst in der Buchhandlung an. Dann setzte er sich vor den Computer um alle Informationen über Komapatienten zu lesen. Er wollte alles richtig machen und Maren helfen wieder zurück ins Leben zu finden. Was hatte Pater Abraham gesagt. Musik wäre gut und Bücher vorlesen. Er suchte die Lieblings-CD von Maren und fragte Gitta welche Bücher Maren gerne las. Sie wollte eins besorgen und so fuhr er wieder ins Krankenhaus.

Er durfte gleich zu ihr und setzte sich an ihr Bett. Er nahm vorsichtig ihre Hand in die seine und musste viel Kraft aufbringen um nicht zu weinen. Im Internet hatte er gelesen, dass Komapatienten positive Impulse brauchen und kein Schluchzen. Pater Abraham sagte ihm, dass er ehrlich sein soll und ihr langsam erklären muss wo sie war und was mit ihr los ist. Denn Komapatienten wissen zuerst nicht was eigentlich passiert ist. Warum sie nicht reden können, manchmal auch nicht die Augen öffnen können, sich nicht bemerkbar machen können. Sie versuchen einen Finger oder einen Fuß zu bewegen, aber der Körper gehorcht ihnen nicht. Also schluckte er seine Tränen herunter und fing an zu erzählen. „Hallo mein Schatz, du bist in der Kopfklinik in Heidelberg weil du einen schweren Unfall hattest. Dir ist ein LKW aufgefahren und hat dein kleines Auto durch die Luft geschleudert.

Du bist hart im Nehmen. Aber ein paar Knochenbrüche hast du doch abbekommen und auch dein Kopf wurde verletzt. Deshalb hat dein Körper beschlossen im Koma zu regenerieren." Er musste sich sammeln bevor er weitersprach. „Bitte habe keine Angst, ich weiß von den Ärzten, dass du mich wahrscheinlich hören kannst aber dass du dich leider nicht bemerkbar machen kannst. Da du deine Augenlider momentan nicht öffnen kannst ist es dunkel für dich. Es ist jetzt 9:30 Uhr am Morgen."

Er streichelte sie und drückte immer wieder ihre Hand. „Ich werde jeden Tag kommen und mich mit deinen Eltern sowie Gitta abwechseln. Deine Eltern sind Rentner aber ich sollte unseren Lebensunterhalt sichern, denn wenn du hier wieder raus bist wird geheiratet!" Er sagte dies mit einer Überzeugung die ihn selbst überraschte und ihm Mut machte.

Er stellte den CD Player auf und legte die CD ein. Als das erste Lied begann drehte er die Lautstärke auf ein angenehmes Maß. „Hörst du die Musik? Ja es ist deine Lieblings-CD. Ich dachte wenn du zwischendurch alleine bist willst du ein bisschen Musik hören. Bei der Buchhandlung habe ich auch Bescheid gesagt, ich soll dich von allen grüßen."

Er musste immer wieder tief Luft holen. „Gitta bringt dir später ein Buch mit. Wir werden dir abwechselnd darin vorlesen." Und nach einer kleinen Pause „Schatz, ich kann mir denken was du gerade denkst. Was soll das alles? Aber es ist so, dass du im Moment einfach nichts tun kannst als abzuwarten. Das Gehirn ist ein großartiges Organ und wenn es sich soweit erholt hat wirst du wieder aufwachen. Bitte Maren hab Geduld mit dir und mit uns. Es tut mir so leid, dass du hier liegst. Ich vermisse dich sehr, weißt du."

Bevor Peter weitersprach musste er etwas trinken und seine Tränen trocknen. Sie sollte nicht merken, dass er verzweifelt war. „Normalerweise bist du immer diejenige die viel erzählt, aber jetzt musst du leider mir zuhören." Es sollte scherzhaft klingen aber Peter fand den Satz dann unerträglich. „Es tut mir leid, dass ich solch einen Blödsinn rede aber ich möchte dich unterhalten wenn ich da bin." Dann aber hielt er einfach ihre Hand und streichelte sie.

Maren war verzweifelt. Sie schlief viel aber wenn sie wach war kamen die Gedanken. Warum war Peter nicht hier oder ihre Eltern? Wieso sprach keiner etwas? Sie konnte sich noch so anstrengen aber ihre Augenlider öffneten sich nicht und ihre Worte kamen nicht aus ihrem Mund. Sie konnte sich nicht bewegen, nichts! Einfach gar nichts! Sie konnte nur denken. „Oh Gott was ist denn mit mir? Bin ich tot?" Da hörte sie eine Tür. Es war Peter! Ihr Peter. „Gott sei Dank ich lebe! Ich lebe noch! Peter bitte hilf mir" schrie sie so laut sie konnte. Aber Peter hörte sie nicht. Sie konnte nur in Gedanken schreien. Er setzte sich zu ihr und nahm ihre Hand. Dann sprach er mit ihr. Sie wollte das Gesagte nicht glauben. „Ich bin im Koma?" Maren hatte schon einiges über Komapatienten gehört und war zutiefst erschrocken. „Koooommaaa!" Sie schrie und weinte, aber Peter konnte es nicht hören und nicht sehen. Als nichts geschah verstummte sie und hörte Peter zu. Dann sagte er nichts mehr sondern streichelte einfach ihre Hand. „Ach Peter, wenn du mich doch hören könntest. Musik? Hat er gerade etwas von Musik gesagt? Das ist eine gute Idee, meine Lieblingsmusik. Ich wusste gar nicht, dass du meine Lieblings-CDs kennst. Ich liebe dich mein Herz." Sie muss wieder eingeschlafen sein, denn als sie das nächste Mal wach war hörte sie ihre CD aber Peter war nicht mehr da. Das spürte sie ganz deutlich. Sie war allein und sie hatte Angst. Aber ihr Körper war so geschwächt, dass sie schnell wieder einschlief.

Marianne stellte den CD Player ab als sie ins Zimmer kam. Sie wollte Maren von ihrem Vater erzählen. Er reiste mit einem Freund gerade durch Südamerika und wollte sofort zurückfliegen als er hörte was mit Maren geschehen war. Aber Marianne bestand darauf, dass er die Reise auf die er so viele Jahre gewartet hatte, zu Ende machte. Sie beruhigte ihn, dass er hier sowieso nichts tun konnte. Das konnte niemand. Also setzte sie sich an das Bett und nahm Marens Hand.

„Hallo mein Schatz, ich soll dich von Papa grüßen. Er wollte sofort zurückfliegen als er hörte, dass du im Krankenhaus liegst, aber bitte verzeih mir, ich sagte er soll die Reise zu Ende bringen. Weißt du, dein Vater hat sich drei Jahre auf diese Reise vorbereitet und ich habe ihm versichert, dass er hier nichts tun kann. Sicher, er könnte auch hier sitzen, aber ich weiß, dass du dich so für Papa gefreut hast als er von seiner Reise berichtete. In fünf Tagen ist er wieder da und dann kann er jeden Tag kommen und dir von seinen Abenteuern erzählen. Er hat einen schönen Schreck bekommen als er von dem Unfall hörte, wir alle haben einen riesigen Schreck bekommen. Aber wir sind positiv, ja. Du schaffst es bestimmt bald deine Augen zu öffnen. Ganz sicher schaffst du das mein Mädchen. Hab ich dir eigentlich oft genug gesagt, dass ich dich liebe? Du bist der wichtigste Mensch in meinem Leben und ich freue mich auf deine Hochzeit. Peter ist tapfer, wir haben beschlossen, dass er morgens zu dir geht und ich nachmittags. Abends will er dir dann noch einmal Gute Nacht sagen. Mittags muss er arbeiten, ihr müsst ja von etwas leben. Gitta hat ein Buch für dich gekauft, ich dachte ich lese dir jeden Mittag ein Kapital vor. Also wollen wir mal anfangen."

Und so las Marianne das erste Kapitel aus dem Buch „WUN-DER" von Raquel J. Palacio vor.

Maren hörte ihrer Mutter aufmerksam zu. Sie war ganz ihrer Meinung, dass Papa die Reise zu Ende machen sollte. Hier würde er nur herumsitzen und das würde ihn traurig machen. „Mama hat das Buch „WUNDER" mitgebracht, schön. Gitta wusste, dass ich dieses Buch lesen wollte. Das Buch handelt von einer wahren Geschichte. Der arme August, was der Junge schon alles überstehen musste." Maren war aber auch immer wieder so müde, dass sie oft einschlief. Beim nächsten Mal als sie aufwachte war es still. Keine Musik und niemand im Zimmer. Maren wunderte sich, dass sie weder Durst noch Hunger hatte. „Ob ich künstlich ernährt werde? Wahrscheinlich. Kann ich atmen? Oder macht das eine Maschine? Bewegen kann ich mich immer noch nicht aber ich habe auch keine Schmerzen. Und ich bin immer so müde. Schade, ich habe das Ende des ersten Kapitels nicht mehr mitbekommen. Ob es schon Abend ist? Dann kommt Peter noch mal hat Mama gesagt. Ich hoffe, dass Abend ist."

Leider war es aber schon 22°° Uhr und Peter war gerade gegangen. Er hatte sie wieder gestreichelt und mit ihr geredet, aber dieses Mal hatte sie geschlafen. Sie wartete, aber als nichts geschah musste sie heftig weinen. Sie war wieder verzweifelt. „Wie lange bleibe ich in diesem Zustand? Wie lange liege ich eigentlich schon hier? Warum kann mir niemand helfen? Oh bitte lieber Gott, lass mich nicht so lange im Koma liegen. Bitte lass mich nicht allein sonst werde ich verrückt." Maren wusste sich nicht mehr zu helfen und so fing sie an zu beten.

„Vater unser im Himmel, geheiligt ist dein Name, dein Reich komme, dein Wille geschehe wie im Himmel so auch auf Erden. Unser tägliches Brot gib uns heute und Vergib uns unsere Schuld. Wir auch wir vergeben unseren Schuldigen und führe uns nicht in Versuchung sondern erlöse uns von dem Bösen. Denn Dein ist

das Reich und die Herrlichkeit, in Ewigkeit. Amen." Dann wurde sie ganz ruhig und schlief ein.

Peter verließ wie jeden Morgen seit zwei Wochen die Wohnung um zu Maren zu fahren. Heute war ein schöner Tag und so beschloss er mit dem Fahrrad zu fahren. Er hatte keine Zeit mehr für Sport. Morgens und abends besuchte er Maren und mittags arbeitete er. Das war die schönste Zeit für ihn, denn dabei konnte er abschalten und den Schmerz und die Sorge um Maren verdrängen. Wenn er sie dann abends wieder daliegen sah, tat ihm das Herz weh. Beim Betreten der Intensiv-Station sah er den behandelten Arzt. „Guten Morgen Doktor Weil, gibt es einen Fortschritt bei Maren?" Der Arzt schüttelte den Kopf „Leider keine Besserung, aber es gibt noch Hoffnung, denn der Zustand hat sich nicht verschlechtert. Die Werte sind für eine Komapatientin wirklich sehr gut. Ich bin tatsächlich zuversichtlich." Das beruhigte Peter überhaupt nicht. Er ging traurig zu Maren.

„Guten Morgen mein Schatz" sagte Peter und küsste Maren auf die Stirn. Da sie künstlich beatmet wurde, konnte er sie nicht auf den Mund küssen. Er setzte sich zu ihr und faltete die Tageszeitung aus. Maren hatte jeden Morgen die Zeitung gelesen und er wollte es so weiterführen. Es sollte sie beruhigen, dass wenigstens etwas wie immer war. Also fing er mit der ersten Seite an.

Immer noch die Griechenland-Krise. Zuerst las er das Weltgeschehen vor und dann das Regionale. „Stell dir vor, gegenüber unserer Wohnung wird ein Cafe eröffnet. Das ist ja praktisch, dann können wir am Wochenende zum Frühstück über die Straße gehen. Maren da kannst du jeden Morgen einen Kaffee trinken bevor du in die Buchhandlung gehst. Toll." Aber dann war er auch schon fertig mit der Zeitung. Die Todesanzeigen wollte er nicht vorlesen. Er faltete die Zeitung zusammen und legte sie auf den Tisch. Wenn Marianne und Gerhard, Marens Eltern, mittags kamen lasen sie auch die Zeitung. Manchmal ist Zeitung vorlesen besser als nur da sitzen, sagte Gerhard. Peter streichelte Maren nochmal und ging.

Maren wachte auf weil sie etwas hörte. Sie hörte die Stimme ihres Vaters, oh das ist aber schön, dass Papa wieder da war. Er erzählte von seiner Reise. „Wie habe ich mich für dich gefreut, dass du endlich deine Reise machen konntest. Ich bin froh, dass du die Reise zu Ende gemacht hast. Jetzt sitzt du jeden Tag hier bei mir und ich kann dir nicht antworten. Ach Papa, deine Prinzessin ist in einer anderen Welt und kann dich weder sehen noch sprechen. Aber bald, bestimmt werde ich wieder gesund dann musst du mir alles noch einmal erzählen." Maren wurde wieder müde. „Sogar das Denken strengt mich an. Bitte bleibt bei mir." Sie hat nicht gehört wie ihre Mutter von Tante Gudrun erzählt hat und einen Gruß von Gitta ausrichtete. Auch das nächste Kapital aus dem Buch „WUNDER" hat sie nicht gehört. Marianne musste nach jedem Kapital erst einmal das Zimmer verlassen und sich sammeln. Sie hatte solche Angst, dass Maren nicht mehr aufwachte. Aber noch schlimmer wäre es, wenn Maren ein Pflegefall werden würde. Sie wollte im Beisein von Maren und ihrem Mann nicht weinen, deshalb ging sie einfach öfter auf die Toilette. Gerhard wollte für Marianne und Maren stark sein. Aber Marianne merkte natürlich wie sehr es ihn mitnahm. Sie ging wie jeden Tag in die Krankenhaus-Kapelle und betete. Dann wurde sie wieder so ruhig, dass sie mit Gerhard nach Hause gehen konnte.

Am Abend kam Peter wieder. Maren hörte die Tür und freute sich sehr. „Ach mein lieber Peter, wenn ich hier wieder rauskomme werde ich dir tausendmal danken, dass du mich nicht im Stich gelassen hast. Ich liebe dich wahnsinnig." Sie genoss die Streicheleinheiten von Peter, wenn man von genießen in dieser Situation überhaupt reden konnte. Sie konnte nicht glauben was Peter sagte. „Ich liege schon fast drei Wochen hier? Ja wann werde ich endlich wieder wach? Können die denn nichts machen? Das gibt es doch nicht. Ich will hier wieder rauus!!!!" Sie schrie nach Leibeskräften aber sie merkte auch, dass Peter sie nicht hörte. „Okay, okay ich darf nicht durchdrehen. Peter und meine Eltern sorgen bestimmt dafür, dass Alles getan wird um mir zu helfen! Ich werde positiv denken. Mir geht es jeden Tag besser und besser. Ich werde wieder aufwachen, ich werde wieder sprechen und laufen. Jawohl. Ich ruhe mich nur etwas aus, dann wird alles wieder gut." Maren bekam wieder einen Kuss auf die Stirn. Das war das Zeichen, dass Peter sich verabschiedete und nach Hause fuhr. „Nach Hause? Was würde ich darum geben einfach nur nach Hause gehen zu dürfen."

Als Peter aus dem Krankenhaus kam atmete er tief durch. Die Abendluft war klar und frisch, das tat ihm gut. „Bevor ich nach Hause fahre könnte ich einen kleinen Rundgang durch den Park machen." dachte Paul und lief einfach los. In der Nähe von dem kleinen See hörte er ein Wimmern. Es war schon nicht mehr taghell und so sah er erst nach weiteren Metern, dass da eine Frau auf der Parkbank saß. Sie weinte. Peter dachte nach. „Was mach ich bloß? Einfach vorbei gehen? Oder zurückgehen damit ich sie nicht störe?" Bevor er aber eine Entscheidung getroffen hatte schaute die Frau hoch und ihm direkt ins Gesicht. Nun konnte er nicht mehr gehen.

„Entschuldigung, ist alles in Ordnung mit Ihnen?" Blöder Satz, sonst würde sie ja nicht weinen. Aber ihm fiel einfach nichts Besseres ein. Sie schaute ihn verwundert an und sagte einfach „Mein Mann ist gerade gestorben!" Sie sagte es, als würde, als könnte sie es selbst noch nicht glauben. Peter war erschrocken und setzte sich einfach neben sie. „Kann ich etwas für Sie tun? Es wird gleich dunkel und ich möchte Sie nicht alleine im Park zurücklassen." Sie nickte. „Gut ich muss auch wieder zurück ins Krankenhaus. Die vielen Formulare müssen noch unterschrieben werden." Sie stand auf und ging einfach neben ihm Richtung

Krankenhaus. Vor der Eingangstür drehte sie sich zu Peter und sagte. „Danke dass Sie nicht einfach vorbeigelaufen sind." Sie gab ihm die Hand und ging hinein.

Peter fand keine Ruhe zu Hause. Er musste immer wieder an die fremde Frau im Park denken. Sie war eine zierliche Person, höchstens 30 Jahre. Blonde Locken umrahmten ihr ebenmäßiges, schönes Gesicht. Er überlegte was ihrem Mann wohl passiert war. Ob er auch einen Unfall hatte wie Maren oder ob eine Krankheit ihn sterben ließ. Sein Herz tat weh. „Hoffentlich überlebt Maren die Folgen des Unfalls." Plötzlich klingelte das Telefon. Peter erschrak heftig.

Es war das Krankenhaus, er solle kommen, Maren würde es schlechter gehen. Er rannte zu seinem Auto und fuhr so schnell er konnte ins Krankenhaus. Als er dort ankam fiel ihm ein, dass er wohl Marianne und Gerhard hätte anrufen sollen, aber dann stand er auch schon vor der Intensiv-Station und klingelte. Doktor Weil ließ ihn herein, begrüßte ihn und entschuldigte sich sogleich. Es war ein falscher Alarm. Nach dem Wechseln des Luftschlauchs schlugen alle Apparate Alarm und Peter wurde, wie vereinbart, sofort informiert. Aber eine Schwester erkannte, dass der Luftschlauch nicht ordnungsgemäß angebracht war. Jetzt war alles wieder richtig angeschlossen und Maren bekam wieder genug Luft.

„War Maren lange ohne Sauerstoff?" Peter war außer sich. „Wie kann so etwas passieren?" Doktor Weil beruhigte ihn, dass Maren dadurch nichts passiert ist und ja, dass so etwas eigentlich nicht passieren dürfte. Peter vergewisserte sich, dass alle Apparate in Marens Zimmer „normal" liefen und verließ die Klinik zum zweiten Mal. Maren hatte von dem Vorfall nicht viel mitbekommen. Sie merkte nur, dass ihr Luft fehlte und die Schwester nach dem Alarm richtig reagierte.

Am Ausgang stand plötzlich wieder die Frau vom Park. Sie stand da, ganz alleine und schaute ständig nach rechts und nach links. „Entschuldigung, ich bin der Mann vom Park. Kann ich Ihnen irgendwie helfen?" Sie erkannte ihn und fing wieder an zu weinen. „Ich habe alle Formalitäten erledigt und könnte nach Hause gehen. Aber ich schaffe es einfach nicht. Zu Hause schaut Klaus mich von so vielen Bildern aus an. Seine Jacken hängen im Flur und seine Schuhe stehen immer im Weg herum, wie soll ich das denn machen?" Sie sah ihn so verzweifelt an, dass Peter spontan sagte. „Ich bin Peter, Peter Förster, meine Verlobte liegt hier auf der Intensiv-Station und ich gehe auch nicht gerne allein nach Hause. Wollen Sie etwas trinken gehen oder etwas essen?" Sie machte den Mund auf aber sie sagte nichts. Dann schaute sie nochmal nach links und nach rechts. „Ich bin Carola. Danke, dass Sie mich mitnehmen."

Sie gingen schweigend zum Auto. Peter hielt ihr die Autotür auf und Carola stieg so selbstverständlich ein als ob sie das jeden Tag tun würde. Peter fuhr in ein kleines Restaurant am anderen Ende der Stadt. Er wollte nicht in ein Lokal gehen in dem er immer mit Maren war. Das fand er nicht richtig. Carola sagte nichts bis sie im Restaurant waren und die Bestellung aufgaben. Dann aber siegte der Hunger und sie bestellte sich eine Suppe. Peter nahm einfach halber das Gleiche. Richtig Hunger hatten beide nicht. Dazu tranken sie ein Bier. Nach dem Essen fing Carola an zu erzählen.

„Wir sind erst seit einem Jahr verheiratet und waren auf dem Weg in den Urlaub. Er saß noch nicht richtig im Auto als es ihm schlecht wurde. Er bekam Schweißausbrüche und hatte Schmerzen in der Brust. Ich bin sofort mit ihm ins Krankenhaus gefahren. In der Notaufnahme erkannten die Ärzte, dass er einen Herzinfarkt hatte und operierten ihn sofort. Während der Operation bekam er aber einen zweiten Infarkt und seitdem lag er auf der Intensivstation. Heute rief das Krankenhaus an und sagte, dass sie keine Hirnaktivitäten mehr messen können. Klaus war Hirntod. Da er einen Spenderausweis hat wurde ich von der Klinik informiert damit ich mich von Klaus verabschieden konnte. Dann wurden ihm die Organe entnommen. Die Ärzte sagten, dass Klaus fünf Menschen das Leben gerettet hat. Das tröstet mich ein bisschen, verstehen Sie das?" Sie weinte wieder. Peter war geschockt. So schnell ändert sich das gemeinsame Leben. Eben willst du noch in Urlaub fahren und im nächsten Moment bist du tot. Als Carola nichts mehr sagte, erzählte Peter von Marens Unfall und dem Koma. Sie nickte. „Das kenn ich, jeden Tag geht man ins Krankenhaus und erwartet, dass ein Wunder geschieht. Ich hoffe Ihre Verlobte hat mehr Glück. Peter würden Sie mich jetzt bitte nach Hause fahren? Die nächsten Tage werden noch meine ganze Kraft brauchen und ich merke wie müde ich plötzlich bin." Dann brachte Peter Carola nach Hause.

Als Maren wieder wach wurde hörte sie einen Hubschrauber. Dann noch einer und noch Einer. „Oje, da muss ja was Schlimmes passiert sein, wenn so viele Hubschrauber landen. Bestimmt ein größerer Unfall. Die armen Leute, ob sie schwer verletzt sind?" Maren konnte nicht ahnen, dass die Hubschrauber die Organe von Klaus abholten um anderen Menschen das Leben zu retten.

Peter fuhr am nächsten Abend nach dem Besuch bei Maren zu Carola. Er wollte fragen wie es ihr ging. Als sie die Tür öffnete, huschte ein kleines Lächeln über ihre Lippen. „Hallo Peter, das ist schön, dass Sie mich besuchen. Kommen Sie doch herein." Peter schaute sich in der Wohnung um. Da waren viele Bilder eines Mannes, das musste Klaus sein. Klaus auf dem Motorrad, Klaus am Strand, Klaus mit Fallschirm und Klaus mit Carola. Das war wohl das Hochzeitsbild. Jetzt verstand Peter was Carola meinte. Von jeder Wand aus schaute Klaus Carola an. Aber es hatte bestimmt auch etwas Tröstliches für Carola. Anscheinend hatte er viel Spaß im Leben.

„Möchten Sie etwas trinken? Ein Bier?" Peter nickte. „Wie geht es Ihnen heute Carola?" Da wurde ihm bewusst, dass er gar nicht ihren Nachnamen kannte. Carola trank einen Schluck Bier und nickte vor sich hin. Mit brüchiger Stimme sagte sie „Ich bereite gerade die Beerdigung vor und komme gar nicht zum Denken. Es ist so unwirklich, verstehen Sie das? Wir packten die Koffer und freuten uns auf drei Wochen Urlaub und im nächsten Moment ist er einfach tot!"

Peter nickte. „Das verstehe ich gut. Maren war auf dem Weg nach Hause, sie wollte an diesem Abend die Einladungskarten zu unserer Hochzeit verschicken als ihr Kleinwagen von einem LKW durch den Aufprall in die Luft geschleudert wurde. Ich habe die Einladungen in den Müll geworfen und die Hochzeit abgesagt. Ich" er räusperte sich „habe noch Hoffnung, dass sie wieder aufwacht. Aber ich habe Angst davor wie es dann sein wird." Carola nickte wieder. „Wenn Klaus die OP überstanden hätte wäre er ein Pflegefall gewesen. Das hätte er nicht gewollt, das hätte er nicht überlebt." Sie sagte das, als wenn sie über eine fremde Person reden würde. Peter war verwundert. Carola sah die Frage in seinen Augen und erklärte „Sie haben mir Medikamente gegeben damit ich das alles hier überstehe. Ich komme gar nicht mehr zu mir, es ist als ob ich ständig im Nebel stehe." Das erklärte viel. Peter dachte, dass man den Tod eines geliebten Menschen wohl sonst gar nicht überstehen kann. „Wie lange liegt sie denn schon im Koma?" wollte Carola wissen. Peter bestätigte drei Wochen. Dann trank er sein Bier leer und verabschiedete sich. „Wenn ich darf komme ich gerne wieder vorbei?" Carola nickte „Kummer verbindet. Kommen Sie wann immer Sie wollen Peter. Ich kann Besuch brauchen."

Peter wollte Maren von Klaus und Carola erzählen, aber wie sollte er das tun ohne über Klaus Tod zu berichten. Deshalb ließ er es lieber. Er wollte sie auch nicht beunruhigen, denn wenn er über Carola geredet hätte, hätte er erzählt, dass er seit vier Tagen jeden Abend noch auf ein Glas Bier zu Carola fuhr. Ob Maren das verstanden hätte? Er tröstete Carola und sie tröstete ihn. Seine Mutter lebte auf einem anderen Kontinent und die Eltern von Maren hatten selbst Trost nötig. So fühlte er sich einfach allein. Seine Kumpels wollten ihn aufmuntern und wie jeden Freitagabend abholen, aber er wollte nicht feiern, ihm war nicht nach Kumpels zumute. Nach vier Wochen riefen sie nur noch ab und zu an um nach Maren zu fragen. Es waren kurze Gespräche. „Wie geht es Maren? Wie geht es dir? Willst du mal wieder was mit uns Jungs machen? Dann halt die Ohren steif! Mach´s gut." Das waren keine Gespräche die er gerne geführt hätte. Die hatte er abends mit Carola.

Als Peter wieder abends vor Carolas Haus stand überlegte er, dass sie sich erst seit vier Wochen kannten, aber es fühlte sich an als ob sie schon immer befreundet gewesen wären. Peter war auch auf der Beerdigung von Klaus. Carola hatte ihn eingeladen. Als er fragte, ob das nicht komisch wäre, meinte sie einfach „Klaus war Einzelkind und hat keine Familie mehr. Wir sagen einfach du bist ein Freund aus Kindertagen, dann stellt keiner blöde Fragen. Weißt du, du hast mir in den letzten Wochen so geholfen, einfach weil du da warst. Ich habe wirklich den Eindruck, als würde ich dich schon lange kennen. Klaus hätte dich gemocht und du ihn auch. Du kennst ihn aus meinen Erzählungen besser als viele andere. Danke, dass du da bist."

Und so war Peter auf der Beerdigung von Klaus und kam jeden Abend auf ein Glas Bier. „Komisch, nach dem Glas Bier und einem Gespräch mit Carola bin ich so ruhig, dass ich gut schlafen kann. Sie gibt mir Hoffnung und Kraft und ja, sie versteht mich einfach. Sie weiß was ich gerade durchmache!" Er freute sich auf den Abend mit ihr obwohl er auch ein schlechtes Gewissen hatte wegen Maren. Ob sie das verstehen würde? Ich betrüge sie ja nicht, ich will nur reden. Mit diesem Gedanken stieg er aus dem Auto und ging zu Carola.

„Guten Morgen Schatz, heute ist ein richtig schöner Tag. Die Sonne scheint und ich habe meinen neuen Aufrag bei Kopp & Klapper fertig. Jawohl, dein Verlobter hat gute Nachrichten. Maren heute Morgen lese ich dir zuerst die regionalen Seiten vor. Hör gut zu, hier steht:

Es ist vollbracht! Die begehbare Glaskuppel am Neubau von Kopp & Klapper wird heute von Architekt Peter Förster freigegeben. Die herausragende Arbeit von Herrn Förster zieht sogar den Ministerpräsidenten von Baden-Württemberg in die Stadt. Nach der Eröffnung feiern die Gäste auf dem Heidelberger Schloss."

Peter war noch ganz gefangen von seinem Erfolg und er hätte Maren gerne umarmt und herumgewirbelt. So saß er einfach bei ihr und streichelte ihre Hand. „Was sagst du jetzt? Dein zukünftiger Mann sitzt heute Abend mit dem Ministerpräsidenten zusammen an einem Tisch."

Nach der anfänglichen Euphorie kam langsam wieder die Traurigkeit zurück die ihn immer in diesem Zimmer überfiel. Maren lag jetzt schon seit drei Monaten im Koma ohne dass sich ihr Zustand veränderte. Es wurde nicht besser aber auch nicht schlechter. Sie lag einfach nur da und er führte Morgen für Morgen Selbstgespräche. „Wenn Carola nicht wäre, wäre ich schon verrückt geworden oder Alkoholiker." Er erschrak als er merkte, dass er laut gesprochen hatte. Ob Maren das verstanden hatte? Ob er ihr nicht doch von Carola erzählen sollte? Sie hatten sich einmal geschworen, dass sie immer ehrlich zueinander sein wollen auch wenn es weh tat. Aber was sollte er erzählen? Dass er jeden Abend bei Carola war und sie sich gegenseitig trösteten? Sie haben gute Gespräche und mittlerweile essen sie abends zusammen. Carola kann sehr gut kochen und hat Spaß dabei. Sie kann sogar wieder ab und zu lachen, das rührt sein Herz. Peter entschied sich, noch nichts zu sagen. Wieso noch nicht?

Maren war jetzt öfter wach und schlief auch nicht mehr so viel. Sie freute sich riesig über Peters Erfolg und wäre ihm am liebsten um den Hals gefallen. „Mein guter, lieber Peter wie gerne würde ich dir um den Hals fallen und mit dir feiern. Ich wusste schon immer, dass du ein Genie bist. Du bist ein wirklich guter Architekt mit großem Hang zur Kunst. Deine Bauten sind Kunstwerke. Siehst du, sogar der Ministerpräsident hat das gesehen. Mein Schatz, es ist schön, dass du mich jeden Tag besuchst und mir von dir erzählst. Hoffentlich wird es dir nicht irgendwann zu viel? Ach Peter ich liebe dich von ganzem Herzen und ich danke dir für deine Treue. Carola? Eine alte Freundin von dir? Die dich unterstützt und tröstet. Das ist gut, dass du nicht alleine bist. Du Armer, du hast ja gar kein normales Leben mehr wegen mir. Ich verspreche dir, dass ich mich anstrenge um wieder die Augen aufzumachen, dann siehst du, dass ich noch lebe und alles höre was du sagst."

Dann verabschiedete sich Peter. Es kam ihr in letzter Zeit so vor als ob Peter nicht mehr so lange blieb. Aber es könnte sein, dass ihr die Zeit auch einen Streich spielte. „Wie lange sind Minuten? Wie lange sind Stunden und Tage? Ich weiß nur dass Morgen ist weil Peter es immer sagt. Bei mir ist immer Nacht. Wie gerne würde ich mal wieder die Sonne sehen und Wolken, die Bäume und die bunten Blumen. Wie achtlos geht man mit seiner Zeit um wenn man gesund ist. Die Menschen gehen jeden Morgen zur Arbeit und sehen dabei keine Blumen, keine Bäume und beklagen sich über den Regen oder die Sonne die heute zu heiß ist. Sie wissen gar nicht wie schön es ist das alles zu sehen und einfach nur leben zu können. Wach zu sein. Mit Jemandem reden zu können, lachen zu können und auch weinen zu können.

Lieber Gott, verzeih mir wenn ich nicht achtsam genug mit meinem Leben umgegangen bin. Ich habe es jetzt verstanden, bitte lass mich wieder am Leben teilnehmen. Bitte."

Peter versprach nach der Feier noch bei Carola vorbeizuschauen und brachte eine Flasche Champagner mit. Sie feierten Peters Erfolg. Später saßen sie noch auf der Terrasse und Carola fragte wie es Maren geht. Peter erzählte, dass ihr Zustand unverändert war und dass seine Hoffnung, dass sie je wieder aufwacht, schwindet. Carola tröstete Peter „Du darfst die Hoffnung nicht aufgeben, es gab schon Fälle, da sind Menschen nach einem Jahr aufgewacht und wieder völlig gesund geworden." Peter nickte „aber es gab auch Fälle, da sind die Menschen aufgewacht und waren pflegebedürftig. Davor habe ich am meisten Angst." Carola wagte sich vor „Was würdest du tun wenn Maren pflegebedürftig ist?" Peter schwieg lange dann atmete er tief durch bevor er antwortete „Da wir nicht verheiratet sind haben in erster Linie ihre Eltern zu bestimmen was dann geschehen würde. Ich denke, sie würden sie mit nach Hause nehmen wenn das ginge und ich würde sie ab und zu besuchen. Vielleicht klingt das jetzt herzlos was ich sage, aber ich möchte mein Leben deshalb nicht aufgeben. Wir haben uns geliebt und wollten heiraten, ja wir hatten viele Pläne. Aber das Leben hat uns einen Strich durch die Rechnung gemacht. Es fällt mir immer schwerer mit Maren zu reden und so zu tun als sei alles in Ordnung. Sie ist eine lebende Tote für mich und ich merke wie ich langsam von ihr Abschied nehme. Verstehst du mich?" Carola nickte. „So ähnlich geht es mir mit Klaus. Ich spüre jeden Tag, dass er nie wieder zur Tür hereinkommen und nie wieder mit mir sprechen wird. Das tut sehr weh aber mein Leben muss weitergehen. Wenn du nicht wärst, würde ich mich jeden Abend betrinken und wäre einsam." Peter kamen die Tränen weil er das Gleiche dachte und heute auch zu Maren sagte. Carola überging diesen Moment indem sie die Teller abräumte. Sie wollte ihm nicht so nahe kommen. Noch nicht.

Und da kam der Morgen an dem Doktor Weil zu ihren Eltern sagte, dass sie für Maren hier nichts mehr tun konnten. Sie müsse in eine Pflegeeinrichtung. Maren hörte wir ihre Mutter weinte und ihr Vater sich räusperte. Ihr Vater fragte ob sie Maren nicht zu Hause pflegen könnten. Maren dankte ihrem Vater tausendmal. Der Arzt warf ein, dass die Eltern schon ein gewisses Alter hätten und dass so eine Pflege rund um die Uhr sehr anstrengend sei. Aber ihre Eltern wollten es auf jeden Fall versuchen. Marianne sagte „Wissen Sie Herr Doktor Weil, Maren ist unser einziges Kind. Das ist alles was wir noch für sie tun können. Wir werden es auf jeden Fall versuchen." Maren weinte bitterlich, aber sie war ihren Eltern so unendlich dankbar. „Wenn ich es ihnen nur sagen könnte wie sehr ich sie liebe und wie sehr ich ihnen dankbar bin, dass sie mich nicht in ein Pflegeheim geben. Was wird Peter sagen?" Da hörte sie ihre Mutter sprechen „Wir haben auch schon mit dem Verlobten unserer Tochter gesprochen und er ist einverstanden." Doktor Weil gab zur Antwort „Der Junge muss sein Leben wohl ohne Maren weiterleben." Ihre Eltern sagten dazu nichts aber Maren war wütend. Wie kann ein Arzt so etwas sagen! Peter, mein lieber treuer Peter!

Als sie später wieder alleine war dachte sie nochmal über die Worte von Doktor Weil nach. So schwer wie es ihr auch fiel aber sie musste ihm Recht geben. Peter musste sein Leben wohl ohne sie weiter leben. Dann weinte sie sehr lange.

Und so kam Maren innerhalb einer Woche wieder in ihr Elternhaus zurück. Da es ein Bungalow war und die Eltern vorausschauend gebaut hatten, musste nicht viel verändert werden damit Maren hier leben konnte. Tagsüber schoben die Eltern das Bett mit Maren ins Wohnzimmer damit sie bei Allem dabei sein konnte und abends schoben sie das Bett wieder in Marens Kinderzimmer. Am Anfang kam Peter fast jeden Morgen vorbei. Er trank dann eine Tasse Kaffee mit ihren Eltern und begrüßte sie liebevoll. Aber die Eltern versicherten ihm immer wieder, dass Maren gut aufgehoben sei und er sein Leben ohne Maren weiterleben müsse. Das tat ihr furchtbar weh obwohl sie mit Allem einverstanden war. Sie hörte den Gesprächen zu und nickte innerlich zu dem Gesagten. Peter wollte noch nicht aufgeben aber nach weiteren Wochen kam er nur noch jeden zweiten Tag auf eine Tasse Kaffee vorbei. Maren ergab sich ihrem Schicksal und war ihren Eltern sehr dankbar, dass sie zu Hause leben durfte.

Peter besuchte Carola immer noch jeden Abend. Sie bekam jede Entscheidung über Maren mit und litt mit Peter. Als er traurig und hoffnungslos kam um zu erzählen, dass Marens Eltern meinten, dass er sein Leben ohne Maren weiterleben muss weinte sie mit ihm. Nachdem er sich beruhigte sagte er „Es ist so als ob Maren heute gestorben wäre." Carola tröstete ihn und verstand nur zu gut. „Du kannst sie doch ab und zu besuchen und mit ihr reden, dann fällt es dir vielleicht nicht so schwer Abschied zu nehmen." Peter wollte das auf jeden Fall. An den folgenden Tagen packte Peter alle persönlichen Sachen von Maren zusammen und brachte sie zu den Eltern. Sie weinten zusammen. Maren weinte am längsten.

Nun führte Peter wieder ein eigenständiges Leben. Er arbeitete viel, besuchte ab und zu Maren und verbrachte viele Abende mit Carola. Es hatte sich einfach so ergeben. Manchmal konnte er sich gar nicht mehr vorstellen wie es ohne Carola war. Sie kannten sich nun acht Monate, seit dem Tod von Klaus. Carola und Klaus hatten zusammen ein Sportgeschäft und Carola führte das Sportgeschäft nun alleine weiter. Sie konnte sich so gut auf Ihre Angestellten verlassen, dass sie nicht jeden Tag bis Geschäftsschluss blieb. Ihr machte es viel Spaß für Peter zu kochen. Ja sie freute sich auf ihn und manchmal überlegte sie sogar ob sie ein bisschen mehr empfand für ihn als nur Freundschaft. Peter dachte nach wie vor oft an Maren, aber er freute sich immer auf die Abende mit Carola. Sie unternahmen jetzt auch etwas zusammen. Sie gingen mal ins Kino oder ins Theater. Besuchten Ausstellungen oder gingen abends zum Schwimmen. Ihre Trauer um die geliebten Menschen hatten sie zusammen gebracht. Aber mehr wagten sie noch nicht.

Marens alter Hausarzt kam routinemäßig alle drei Tage bei ihr vorbei. Ihre Eltern hatten sie gerade ins Wohnzimmer gebracht. Er tastet nach dem Puls, hörte das Herz ab und die Lunge und schlug mit einem kleinen „Hammer" auf ihre Knie um die Reflexe zu testen. Marianne schenkte gerade eine Tasse Kaffee für den Hausarzt ein als er mit seinem „Hämmerchen" auf das Knie klopfte. Plötzlich war da ein Reflex. Der Hausarzt ließ vor Schreck das „Hämmerchen" fallen. Er fragte ganz aufgeregt

„Haben Sie das auch gesehen?" Dann nahm er das andere Knie und klopfte auf den Nerv. Da! Auch dieses Bein beantwortete das Klopfen mit einem Reflex. „Der Reflex ist wieder da! Der Reflex ist wieder da! Sie müssen gleich die Universitätsklinik anrufen. Das ist ein gutes Zeichen, jawohl. Maren, ihr Beine haben sich bewegt, haben sie das gespürt? Das ist ja wunderbar!"

Als er gerade die Tasse Kaffee zum Mund führen wollte fiel ihm etwas ein. Er nahm sein „Hämmerchen" und klopfte auf die Ellbogen. Und siehe da, die Arme flogen auch!!!! „Juhuuu, da ist ja Leben in der Bude!" Der Hausarzt war ganz aus dem Häuschen.

„Marianne, Gerhard ich möchte Euch nicht so viel Hoffnung machen, aber das sind eindeutige Beweise, dass sie wieder zu sich kommt! Mädchen ich gebe dir jetzt die Hand, versuch bitte sie zu drücken so fest du nur kannst. Bitte versuche es." Er hielt Marens Hand und starrte darauf. Lange geschah nichts, aber dann spürte er es „Sie hat ihren kleinen Finger bewegt! Sie kommt wieder nach Hause!!"

Er rief sofort in der Klinik an. Als er Doktor Weil von den Reflexen berichtete war dieser auch der Meinung, dass Maren so schnell wie möglich wieder ins Krankenhaus sollte um ihr mit Hilfe von Therapeuten mehr Bewegungsfreiheit zu verschaffen. Marianne und Gerhard weinten vor Freude und stimmten zu, dass Maren noch am gleichen Tag in die Universitätsklinik verlegt wurde.

Maren konnte ihr Glück nicht fassen. Erst fand sie es albern wenn der Hausarzt sie mit seinem „Hämmerchen" abklopfte. Aber als sie den Reflex selbst spürte, war sie außer sich. Als dann auch das andere Bein und ihre Arme sich bewegten, wollte sie vor Glück schreien. Sie wusste nicht ob sie ihre Hand bewegen konnte aber als der gute alte Hausarzt sie aufforderte seine Hand zu drücken strengte sie sich mächtig an. Die Bewegung ihres kleinen Fingers hat sie gar nicht gespürt, aber wenn Dr. Herrmann es gespürt hat reichte das schon. Sie sollte wieder in die Universitätsklinik verlegt werden, davor hatte sie Angst. Aber vielleicht können sie ihr wirklich helfen aus der Starre herauszukommen. Sie freute sich auch mit ihren Eltern. Die armen alten Leutchen, was muss das Schwer auf ihren Herzen gelegen haben. Gut sagte sich Maren, ich habe wieder Hoffnung, ich werde kämpfen!!

Peter erfuhr am Nachmittag, dass Maren Reflexe zeigte und den kleinen Finger bewegen konnte. Er wollte noch am Abend nach ihr schauen. Zuerst rief er Carola an. „Hallo Carola, stell dir vor, Maren ist wieder in der Universitätsklinik, sie hat ihren kleinen Finger bewegt! Ich bin schon auf dem Weg ins Krankenhaus ich rufe dich später an." Carola freute sich mit Peter und Maren. „Soll ich mitkommen? Oder kommst du später noch vorbei um mir zu berichten?" Peter wusste nicht so recht. „Heute besuche ich sie alleine aber wenn du morgen mitkommen willst?" Carola freute sich und sagte zu.

Peter stürmte auf die Intensiv-Station. Nachdem er Marianne und Gerhard begrüßt hatte nahm er Marens Hand. „Maren, was habe ich gehört, du kannst deinen kleinen Finger bewegen. Das ist großartig, hörst du! Ich freue mich für dich." Maren war so froh Peters Stimme zu hören, dass sie mit aller Kraft seine Hand drückte. Peter schrie „Sie drückt meine Hand! Ich spüre es ganz deutlich! Maren ich spüre dich. Ja du schaffst es, komm drück noch mal." Marianne und Gerhard waren aufgesprungen und starrten auf Peters Hand. Und da, sie sahen es auch. Marens ganze Hand bewegte sich. „Maren mein Kind, wir haben es gesehen! Du kannst die Hand bewegen. Oh du gutes Kind. Du schaffst es, aber übernimm dich nicht. Hörst du?" Marianne schluchzte laut und musste von Gerhard getröstet werden. Peter freute sich und sein Herz war voll Liebe. Sie verabschiedeten sich von Maren und versprachen am nächsten Morgen wieder zu kommen.

Maren wollte sich nicht ausruhen, endlich konnte sie etwas spüren und die Hand bewegen und jetzt soll sie schlafen weil Nacht ist. So ein Mist. Alle gehen schlafen und sie soll sich gedulden. Gedulden? „Ich habe mich neun lange Monate in Geduld geübt, ich will mich endlich wieder bewegen!" Aber es nutze nichts, zuerst verabschiedeten sich ihre Eltern und dann Peter. Dann kam die Nachtschwester, gratulierte ihr zu ihrem Erfolg und versprach jede halbe Stunde nach ihr zu schauen. Das tat sie wohl auch. Die ersten drei Mal bekam Maren noch mit aber dann muss sie eingeschlafen sein.

Sie wurde wach als sie gewaschen wurde. Die gingen nicht gerade zimperlich mit ihr um. Als sie fertig waren kam der Arzt. Er klopfte auch auf die Knie und Ellbogen und freute sich über die Reflexe. „Das sieht alles gut aus Frau Albert. Wir werden sie auf ihrem Weg in die Freiheit unterstützen. Gleich kommt Frau Glas unsere Physiotherapeutin. Die hat schon viele Menschen zu mehr Bewegung verholfen. Lassen Sie sich auf sie ein, dann sind Sie hier schneller draußen als Ihnen lieb ist." Maren dachte sie höre schlecht. Was für ein Schwachsinn der Arzt erzählt. „Schneller draußen als mir lieb ist. Das will ich sehen."

Es stellte sich heraus, dass Frau Glas eine Zauberin ist. Sie bewegte Marens Beine und Arme so, dass Maren tatsächlich dachte sie würde selbst die Bewegungen machen. Frau Glas sprach auch mit ihr. „Wissen Sie Frau Albert, ihre Nerven spüren die Bewegungen wieder und geben dies an das Gehirn weiter. Das

Gehirn merkt sich die Bewegungen und auf einmal können sie es wieder selbst. Sie werden es erleben!" Maren nickte nur, denn es war wirklich anstrengend.

Nachmittags kamen ihre Eltern und sie konnte ihnen die Hand drücken. Aber am schönsten war, dass sie es wirklich richtig spürte. Sie musste lächeln und war erstaunt, dass ihre Mutter sagte „ Hast du das gesehen Gerhard? Sie hat gelächelt." Ihr Vater dachte bestimmt, dass Mutter übertreibt, aber Maren hat es selbst gespürt, dass der Mund sich bewegte. Sie streichelten Marens Beine und Arme und redeten ihr gut zu. Dann war wieder Abend und sie verabschiedeten sich.

Sie war erschöpft von dem Tag und war gerade am einschlafen als sie hörte wie die Tür aufging. „Hallo Maren" es war Peter „ deine Mutter sagte du hast heute gelächelt? Das freut mich sehr. Ich wollte dir noch gute Nacht sagen. Der Arzt sagte, dass sie dir morgen den Beatmungsschlauch entfernen wollen weil sie davon ausgehen, dass du atmen kannst. Ist das nicht toll? Ich freue mich sehr für dich. Also schlaf gut." Er küsste sie auf die Stirn und ging. Maren war glücklich aber auch sehr erschöpft und schlief gleich ein.

Carola freute sich mit Peter über die Neuigkeiten von Maren. Nach dem Essen tranken sie noch ein Glas Wein auf dem Sofa. Peter war heute sehr ruhig. „Du bist aufgewühlt wegen Maren nicht wahr?" Peter nickte „Ich weiß gerade nicht was ich fühlen soll. Weißt du, unsere Abende sind mir wichtig geworden, du bist mir wichtig geworden. Was ist wenn Maren wirklich wieder aufwacht und ins Leben zurückfindet? Wenn sie wieder ganz die „Alte" wird?" Carola nickte „Du bist dir über deine Gefühle für sie nicht mehr im Klaren das versteh ich. Zuerst sollst du Abschied nehmen und plötzlich ist sie wieder da oder könnte wieder da sein. Das ist verwirrend!" Peter sprach das aus was er schon lange dachte „Weißt du ich habe dich so lieb gewonnen in den letzten Monaten. Ich kann mir ein Leben ohne dich gar nicht mehr vorstellen. Du hast mich getröstet und nichts von mir erwartet, das war lebenswichtig für mich." Carola nickte „Peter, du warst auch für mich da in meiner schwersten Zeit. Als Klaus starb war ich innerlich tot. Nur deine Besuche haben mich am Leben gehalten. Ich kochte abends wie eine Marionette weil ich wusste, dass du kommst. Erst seit ein paar Wochen bin ich wieder am Leben, spüre ich wieder die Lust am Leben und das habe ich dir zu verdanken. Ich bin froh, dass es dich gibt aber ich weiß nicht ob das Liebe ist." Sie sprach das Wort Liebe so selbstverständlich aus dass Peter nur staunen konnte. „Darf ich dich küssen?" fragte er plötzlich. Carola war etwas verwirrt aber vernünftig. „Peter wir sollten warten bis du dir über deine Gefühle für Maren im Klaren bist. Wenn ich ehrlich sein soll kann ich mir eine Beziehung zu einem anderen Mann noch nicht vorstellen. Klaus ist noch so präsent. Ich möchte dich nicht enttäuschen weil du mir als Freund sehr wichtig bist." Peter verstand und fuhr ratlos nach Hause.

Maren schaffte es ohne Beatmungsgerät zu atmen. Sie kämpfte sich jeden Tag mehr und mehr zurück ins Leben. Zuerst konnte sie nur die Hand drücken, dann konnte sie den großen Zehen bewegen und dann kam der Tag an dem sie die Augen aufschlug. Es war ein Sonntag, zwei Wochen nachdem sie wieder ins Krankenhaus verlegt wurde. Es ging so natürlich wie sie es von früher kannte. Sie machte einfach die Augen auf und sah alles verschwommen. Zuerst war da Panik, aber sie beruhigte sich und versuchte immer wieder die Augen auf und zu zumachen. Kluge Menschen hatten die Fenster leicht verdunkelt damit das Licht nicht blenden konnte. Und mit einem Male hatte sie die Augen offen und konnte sehen. „Ich sehe Licht! Ich sehe das Zimmer! Ich kann wieder sehen!!!!" Maren sah sich das Zimmer genau an und freute sich unbändig über diesen Fortschritt. Dann klopfte es und ihre Eltern kamen ins Zimmer. Ihre Eltern sahen sofort, dass Maren die Augen auf hatte. Ihr Vater lief gleich nach draußen um den Arzt zu suchen und Mama

nahm ihre Hand und weinte einfach. „Maren, ich bin so glücklich. Du hast die Augen auf. Morgen wirst du mir wahrscheinlich schon „guten Morgen" sagen. Ach mein Herzblatt, der
Himmel hat meine Gebete erhört."Sie sah hoch zur Decke und
sagte nochmal. „Danke lieber Gott, danke." Dann kam Dr. Weil
ins Zimmer gelaufen gefolgt von ihrem Vater. „Hallo guten Tag
Frau Albert. Gratuliere, sie sind wieder auf dem Weg der Besserung. Können Sie blinzeln?" Maren blinzelte. „Gut, wenn Sie
mich verstehen, dann blinzeln Sie bitte zwei Mal. Okay? Jetzt!"
Maren blinzelte zwei Mal. Dr. Weil war begeistert. „Sie verstehen mich, das ist super. Ab sofort werden die Schwestern mit
Ihnen über die Augen kommunizieren. Ich gebe gleich Bescheid.
Wenn Sie das auch verstanden haben, dann blinzeln sie bitte drei
Mal." Maren schlug drei Mal die Augen auf und zu. Dr. Weil
war begeistert und lies Maren in der Obhut ihrer Eltern.

Und tatsächlich, als die Schwestern kamen um Maren zu drehen
fragten sie sie vorher und Maren blinzelte. Sie war wirklich
glücklich über den Fortschritt. Am nächsten Morgen kam eine
Logopädin und versuchte mit Maren Worte zu üben. Maren
strengte sich an aber sie brachte kein Wort heraus. Die Logopädin war geduldig und freundlich. Sie tröstete Maren. „Nicht
aufgeben! Sie können reden! Einfach weiter üben wenn ich auch
wieder weg bin. Konzentrieren Sie sich auf diese Wörter: Guten
Tag! Guten Tag!" Die Logopädin konnte ihren Mund sehr weit
aufmachen und die Buchstaben einzeln formen. Nachdem sie
gegangen war versuchte Maren es ihr nachzumachen. Sie übte
die ganze Zeit „Guten Tag"- „Guten Tag". Als ihre Eltern ins
Zimmer kamen stieß ihre Mutter einen kleinen Schrei aus. „Du
kannst ja reden!" Maren hatte nicht gemerkt, dass die Wörter die
sie sprach tatsächlich aus ihrem Mund herauskamen. Sie konnte
wieder reden!!! Und so sagte sie immer wieder „Guten Tag!"

Peter kam auch dazu und lachte glücklich als Maren „Guten
Tag" sagte. Er konnte es nicht fassen, sie war wirklich eine

Kämpfernatur. Er versprach wieder öfter vorbei zu kommen und verabschiedete sich. „Maren auf Wiedersehen!". Maren lächelte und sagte „Guten Tag". Sie waren alle aus dem Häuschen obwohl sich die Worte hölzern, fast wie eine Roboterstimme anhörten. Aber sie sprach!

Am Abend erzählte Peter Carola von Marens Fortschritte. „Stell dir vor als ich „auf Wiedersehen" sagte, sagte sie wieder „Guten Tag". Es ist unvorstellbar! Sie war schon immer eine Kämpfernatur, sie wird es schaffen!" Carola stimmte ihm zu „So wie du mir die Situation beschreibst glaube ich das auch." Als er sich später verabschiedete nahmen sie sich fest in die Arme. Peter wollte Carola küssen aber sie ließ es nicht zu. Sie wand sich freundlich aus der Umarmung und küsste ihn auf die Wange. „Schlaf gut Peter, bis morgen." Sie war sich ihrer Gefühle für Peter nicht ganz im Klaren. Er war da als sie Jemand gebraucht hatte aber sie dachte noch jeden Tag viele Stunden lang an Klaus. Sie besuchte auch fast jeden Tag sein Grab. War sie schon bereit für eine neue Liebe? War Peter der Richtige? Ihr fehlte Klaus. Klaus fehlt ihr im Geschäft, beim Sport und im Bett. Sie haben sich eindeutig richtig geliebt. Ob es noch einmal so eine Liebe für sie gäbe?

Maren wachte nun jeden Morgen pünktlich um 6:30 Uhr auf. Dann kam die Schwester und kontrollierte ihren Blutdruck und nahm ihr das Beatmungsgerät ab. Sie sollte nachts eine Beatmungsmaske tragen, für alle Fälle. Dann kam die Logopädin und Maren übte eifrig das Sprechen. Es gelang ihr mit jedem Wort besser. Am Nachmittag kam die Physiotherapeutin und arbeitete mit ihren Armen und Beinen. Sie wurde sogar schon im Bett aufgesetzt. Da wurde es ihr ganz schwindelig. Die Schwestern lachten „Frau Albert, nach neun Monaten im Liegen ist das ganz normal für den Körper. Es wird gleich besser." Und so war es auch. Schon am nächsten Tag war es ihr nicht mehr so schwindelig beim Aufsetzen. Maren war unbändig glücklich und dankbar. Sie bedankte sich jeden Tag, dass es ihr besser ging. Zwischen der Logopädin und der Physiotherapeutin kamen ihre Eltern und massierten die Arme und Beine damit die Blutzirkulation besser wird. Am Abend kam Peter für einen Sprung herein. Sie freute sich immer ihn zu sehen aber sie spürte auch, dass er sich von ihr entfernt hatte. „Ob er eine andere Frau kennen gelernt hatte? Das wäre furchtbar für mich aber ich könnte es verstehen. Es war ja nicht damit zu rechnen, dass ich noch einmal aufwache und solche Fortschritte machen kann. Aber es tut trotzdem sehr, sehr weh. Wir sind uns fremd geworden."

Peter spürte das auch. Er freute sich für Maren aber er freute sich auch wenn er nach dem Besuch bei Maren zu Carola fuhr. Carola war eine sehr sympathische und schöne Frau. Sie war freundlich und aufmerksam. Bei ihr fühlte er sich sehr wohl. „Habe ich mich bei Maren nicht so wohl gefühlt? Warum eigentlich? Maren war ein Wirbelwind und für jeden Spaß zu haben, aber sie war selten zu Hause." Peter saß oft abends alleine in seiner Wohnung weil Maren mit Freundinnen unterwegs war oder einen Kurs in Malen, Spanisch oder Schmuck herstellen besuchte. Carola war jeden Abend zu Hause und wartete auf ihn, das fand er sehr schön. Er war verwirrt denn er hatte noch Gefühle für Maren aber er fühlte sich auch bei Carola sehr wohl. Carola brauchte noch Zeit, sie trauerte noch um Klaus und diese Zeit wollte Peter ihr auch geben. Maren braucht ihn jetzt auch, aber wie? Als Freund oder als Bräutigam?

An diesem Abend hatte Carola eine Überraschung für Peter die ihm nicht gefiel. Sie erzählte, dass der beste Freund von Klaus, der ein Jahr in Australien war, wieder zurück war und von dem Unfall gehört hatte. Er kommt für eine Woche zu Besuch. Carola zeigte Peter Bilder von Klaus und Bernd. Die beiden hatten viel Sport zusammen gemacht. Carola schaute sich die Bilder an und sagte „die Beiden waren fast wie Brüder. Er hat geweint als er mich anrief. Das wühlt mich zwar wieder sehr auf aber ich kenne ihn schon genauso lange wie Klaus und freue mich ihn wieder zu sehen." Peter wusste nicht ob er sich freuen sollte, denn es könnte heißen, dass er seine Abende alleine verbringen musste. Und so kam es auch. Carola druckste herum aber schließlich sagte sie „Peter, Bernd würde nicht verstehen, dass ich nach Klaus Tod wieder einen Freund habe auch wenn nur platonisch. Da ich ihn unten im Gästezimmer übernachten lasse, möchte ich dich bitten abends nicht zu kommen. Tut mir leid. Bevor Bernd wieder abreißt lade ich dich zum Essen ein, damit er dich kennen lernen kann. Ich möchte ihm schon erzählen wer mich über die schlimmste Zeit meines Lebens getragen hat und dich dann vorstellen. Ist das für dich in Ordnung?" Peter war zu überrascht um einen guten Grund hervorzubringen ihrer Bitte nicht zu folgen. „Natürlich Carola das verstehe ich. Wir können ja telefonieren." Durch diese Situation kam an diesem Abend keine richtige Unterhaltung zu Stande und Peter ging sehr traurig nach Hause.

Am nächsten Abend wunderte sich Maren, dass Peter länger blieb als sonst. Er bemühte sich langsam zu sprechen und streichelte wieder ihre Hand, das hatte er schon eine Weile nicht mehr gemacht und sie strahlte ihn an. Peter war gerührt als er sah welch Freude er ihr machte. Sie sah jetzt mit offenen Augen auch fast wieder so aus wie früher. Während sie nur da lag und künstlich ernährt werden musste war ihr Gesicht eingefallen und die Gesichtszüge veränderten sich. Das war nicht mehr seine Maren gewesen. Aber heute hatte er Zeit und sah sie wieder länger an. Ihre Augen strahlten wieder wie früher und ihre Gesichtszüge nahmen wieder die vorherige Form an. Er erkannte sie einfach wieder. Sogar das Sprechen ging besser. Er konnte sich wieder mit ihr unterhalten.

„Peter, weißt du eigentlich, dass ich alles gehört habe als ich im Koma lag. Weil du mir erzählt hast was passiert war hatte ich weniger Angst." Marens Worte waren brüchig aber Peter verstand sie gut. Er antwortete: „An dem Tag als der Unfall passierte kam ein Pastor ins Zimmer und erklärte uns was Koma für den Patienten bedeutet. Er bat uns mit dir zu reden und dir etwas vorzulesen. Du hast früher jeden Morgen die Zeitung gelesen, also dachte ich das würde dir gefallen und so habe ich sie dir vorgelesen." Maren nickte „Ja das hat mich beruhigt und ich freute mich dann auf den Abend. Die Nacht war immer so lang aber am Anfang habe ich auch oft geschlafen." Peter nahm wieder ihre Hand. „Maren wie denkst du darüber als ich dich nicht mehr so oft zu Hause besuchte?" Maren überlegte „Ich war sehr, sehr traurig. Aber meine Eltern hatten mich vorbereitet, sie hatten es immer wieder gesagt, dass sie dich frei geben wollten. Natürlich habe ich das verstanden. Ich hätte es wahrscheinlich auch so gemacht." Peter war erleichtert denn jetzt konnte er von Carola erzählen.

Maren dachte noch lange darüber nach was Peter erzählt hatte. Heute war er bis 21°° Uhr geblieben und hat ihr von Carola erzählt. „Er hat gesagt, dass es eine Freundschaft ist, also hatten sie noch keinen Sex oder? Er hatte den Namen einmal erwähnt und damals dachte ich, dass es gut ist wenn er getröstet wird. Ob er wieder mit mir zusammen sein will? Das wäre wunderschön, denn ich liebe ihn immer noch. Peter ist mein Traummann, hoffentlich verliere ich ihn nicht. Ich werde Mama bitten mir eine Friseurin ins Krankenhaus zu schicken damit ich besser aussehe." Laut sagte sie zu sich selbst „Maren du hast dich zurück ins Leben gekämpft da wirst du es auch mit Carola aufnehmen können!" Sie war beruhigt, denn sie spürte eine unbändige, innere Kraft. Maren wollte nicht nur zurück in ihr Leben, sie wollte auch zu Peter zurück.

Mittwochs telefonierten Peter und Carola miteinander. Sie war gar nicht traurig sondern lachte viel und hörte sich glücklich an. Peter freute sich für sie aber es beunruhigte ihn auch, dass Bernd so einen guten Einfluss auf Carola hatte. Sie erzählte, dass sie an einem Tag wandern waren, am nächsten Tag waren sie mit den Fahrrädern unterwegs und heute wollten sie in einen Kletterwald gehen. „Weißt du Peter, ich hatte gar nicht gemerkt wie sehr mir der Sport gefehlt hat. Klaus und Bernd haben mich schon immer vom Sofa reißen können, ich glaube das habe ich gebraucht. Ich werde jetzt wieder regelmäßig Sport machen, das tut mir richtig gut. Und wie geht es Maren?"Peter hoffte sie würde ihn zum gemeinsamen Essen einladen aber da sie das nicht tat erzählte er von Maren. „Maren macht schnell Fortschritte, es ist unglaublich aber sie kann fast wieder normal reden. Wir können uns wieder unterhalten und natürlich hat sie viele Fragen. Ich habe ihr gestern von uns Beiden erzählt und sie würde dich gerne einmal kennen lernen." Carola wurde leiser. „Peter, was hast du ihr denn erzählt?" Peter überlegte was er sagen sollte „Ich habe gesagt, dass wir fast jeden Abend zusammen verbringen und wir gute Freunde sind. Und ich habe gesagt, dass du mir sehr wichtig bist." Carola atmete tief durch „Du bist mir auch wichtig Peter aber ich hoffe du siehst nicht mehr in mir als eine gute Freundin." Peter war erschrocken, was soll das denn jetzt heißen. „Carola ich glaube das ist kein Gespräch für das Telefon aber ich hatte schon die Hoffnung, dass es mit uns mehr sein könnte." Carola atmete nochmal tiefer durch uns sagte dann „Ich glaube, ich habe mich in Bernd verliebt."

Peter dacht er hört nicht richtig. „Peter bist du noch da?" Er räusperte sich „Ja!" mehr konnte er nicht sagen. „Es ist einfach passiert. Bernd ist alleine, ich bin alleine und wir waren uns schon immer sympathisch. Mit ihm fühle ich mich frei und angekommen. Wir haben die gleichen Interessen, wir können über die gleichen Dinge lachen und wir vermissen beide Klaus! Bernd versteht mich voll und ganz. Er bleibt eine Woche länger. Wir wollen so viel Zeit wie möglich zusammen verbringen und dann sieht man weiter. Verstehst du das?" Peter schüttelte den Kopf „Soll das heißen, dass wir uns nicht mehr sehen?" Carola versuchte fair zu sein „Peter, natürlich können wir uns ab und zu sehen. Ich habe Bernd von dir erzählt und er möchte dich auch kennen lernen, wenn du das noch willst." Jetzt war Peter völlig am Ende. „Ich, ich muss darüber nachdenken Carola, das haut mich wirklich von den Socken. Ich bin etwas enttäuscht obwohl ich weiß, dass du mir nie Hoffnungen gemacht hast, aber es hat sich so gut angefühlt mit dir." Carola entgegnete „Peter, wir brauchten beide Jemanden der uns tröstet und fühlten uns zu zweit nicht so allein, aber ich glaube, dass du Maren noch in deinem Herzen hast. Finde für dich heraus ob noch mehr da ist. Ich melde mich nächste Woche bei dir dann können wir Maren zusammen besuchen." Peter nickte und legte einfach auf. Carola wird das schon verstehen. Er musste jetzt erst mal alleine sein und seine Gefühle ordnen.

Maren war beunruhigt weil Peter zwei Tage nicht kam. Aber da sie offiziell nicht mehr zusammen waren konnte sie doch nicht anrufen und fragen ob alles in Ordnung war. Ihre Mutter beruhigte sie. „Maren, vielleicht braucht Peter ein bisschen Abstand. Wir haben ihn gezwungen sein Leben wieder alleine zu leben und dann ist plötzlich wieder alles anders. Gib ihm Zeit. Er hat auch jemand kennen gelernt und ist ab und zu bei ihr. Tut mir leid Liebes, aber du musst stark sein." Maren nickte zwar aber ihr rollten die Tränen nur so über die Wangen. Marianne tröstete ihre Tochter. Tapfer sagte Maren „Du hast recht Mama aber ich habe Angst, dass ich ihn verloren habe."

Marianne hielt Maren im Arm. „Wahre Liebe verliert man nicht mein Schatz. Peter ist ein guter Mann. Ich sehe doch wie er dich ansieht, da ist noch viel Gefühl. Lass ihm Zeit." Marens Tränen trockneten wieder und die Friseuse die dann kam vollbrachte ein wahres Wunder. Durch das lange Liegen waren die Haare schon fast verfilzt. Die Farbe ausgebleicht und die Haare sehr trocken. Zuerst bekam sie eine Haar-Kur damit man die Haare überhaupt richtig durchkämmen konnte. Dann verabreichte die

Friseuse ihr einen neuen Schnitt und nach dem Trocknen bekam sie noch helle Strähnen. Nach drei Stunden sah sie wunderschön aus. Der neue Schnitt betonte ihre blauen Augen und durch das Färben der Wimpern hatte sie auch wieder diesen unwiderstehlichen Blick. Maren war sehr zufrieden mit ihrem Aussehen und Marianne bezahlte die Friseuse sehr gerne.

Ihr Vater war voll des Lobes über seine schöne Tochter und Maren fiel zufrieden aber sehr müde in ihr Bett. Als die Eltern gegangen waren schlief Maren fest ein. Ein Klopfen weckte sie. Es war Peter. Und er schaute sie so an wie früher. „Hallo Maren, du siehst toll aus. Da besuche ich dich mal zwei Tage nicht und du verwandelst dich in einen strahlenden Schwan. Oh, bitte entschuldige, du siehst immer gut aus aber heute besonders schön." Maren freute sich sehr „Danke. Schön, dass du da bist. So sieht man nach drei Stunden Friseurbesuch aus." Peter setzte sich zu ihr und Maren erzählte ausführlich was die Friseuse mit ihr angestellt hatte.

Ohne es zu bemerken streichelte er wieder ihre Hand. Als er es bemerkte, dachte er, wie automatisch so etwas geht wenn man sich gern hat. Ja Carola hatte Recht, Maren ist immer noch in meinem Herzen. Maren merkte, dass Peter so ruhig war. „Ist alles in Ordnung mit dir? Du bist so ruhig." Peter lächelte „Mir geht es gut. Ich dachte gerade, dass ich dich sehr gern habe. Ich möchte ehrlich zu dir sein, Maren. Ich dachte aus Carola und mir würde mehr werden als nur Freundschaft. Aber Carola hat sich in den Jugendfreund ihres verstorbenen Mannes verliebt. Sie sagte, dass ich dich immer noch im Herzen habe und ich solle herausfinden ob es eine Zukunft für dich und mich gibt."

Peter tat ihr zwar ein bisschen leid aber Maren freute sich über die kluge Carola. „Peter, ich liebe dich wie am ersten Tag und ich wünsche mir nichts sehnlicher als ein gemeinsames Leben mit dir. Es ist schön wenn du uns noch eine Chance gibst." Peter drückte ihre Hand. „Werde erst einmal gesund, dann sehen wir weiter." Maren hatte eine Neuigkeit für Peter.

„Ich komme nächste Woche in eine Reha-Klinik nach Bayern. Vielleicht möchtest du mich einmal besuchen? Es gibt eine Pension neben der Klinik. Wenn du möchtest gebe ich dir die Adresse." Peter wollte und war froh, dass das jetzt zwischen ihnen geklärt war und er verspürte auch keinerlei Druck mehr. Beim Abschied gab er ihr nach fast einem Jahr wieder einen Kuss auf den Mund. Maren wollte nichts falsch machen und begnügte sich mit diesem Kuss. Aber sie schlief in dieser Nacht so gut wie schon lange nicht mehr.

Einen Monat und viele Anrufe später besuchte Peter Maren am Tegernsee. Und was niemand für möglich hielt war geschehen. Maren kam ihm auf ihren Beinen entgegen. Sie konnte wieder laufen und sah wunderschön aus. Sie hatte wieder zugenommen und sah fast so aus wie früher oder sogar ein bisschen besser. Sie strahlte ihn an als er auf sie zukam.

„Peter wie schön, dass du da bist. Ich freue mich so." Sie fiel ihm um den Hals und sie küssten sich lange und intensiv. Es war einfach so wie früher wenn sie sich lange nicht sahen. Als sie sich endlich voneinander lösten nahm Peter sie noch einmal behutsam in den Arm. „Meine Maren, es ist schön dich im Arm zu halten. Dass du schon so gut laufen kannst ist ein Wunder. Wie machst du das?" Sie schaute ihm tief in seine Augen. „Das macht meine Liebe zu dir. Ich habe mir in den letzten Monaten genau so eine Begrüßung zwischen uns vorgestellt und darauf habe ich hingearbeitet. Ich liebe dich einfach und das gibt mir Kraft." Er war gerührt von ihrer Liebeserklärung und sein Herz ging auf. „Du hast mir auch gefehlt- Ich liebe dich." Dann kniete er nieder und holte ein kleines blaues Samtkästchen hervor. Es war von der Schmuckmanufaktur Wellendorff aus Pforzheim. Er öffnete das Kästchen und sie sah den Engelsring. Ein Goldring der auf einer Seite einen Kranz aus kleinen Diamanten hatte. Darauf war ein Engel in Gold mit weißen Email Flügeln zu sehen. Die Krönung war ein größerer Diamant in einem W für Wahres Glück.

„Maren Albert, willst du meine Frau werden?" Maren weinte vor Freude und lies sich diesen wunderschönen Ring anstecken. Sie war so vertieft in die Betrachtung des Ringes, dass Peter nachfragen musste. „Maren?" Da schaute sie ihn voller Liebe an und antwortete „Ja, ich will und wie ich will." Peter erklärte „Wie du gesehen hast ist das kein gewöhnlicher Ring. Es ist ein Engelsring. Er wird dich in Zukunft beschützen und dir jeden Tag zeigen was für ein großes Glück wir haben." Dann schlossen sie die Augen und küssten sich lange. Endlich, endlich ist sie wieder im Leben angekommen.

Liebende schließen beim Küssen die Augen, weil sie sich mit dem Herzen sehen möchten.

Daphne du Maurier

Nicht standesgemäß

Dr. Heiko Humbold war ein strenger aber guter Chefarzt. Seitdem er die Chirurgische Abteilung im St. Martha Krankenhaus in Heidelberg übernommen hatte, kamen die Patienten von weit her um sich von ihm operieren zu lassen. Er war gewissenhaft und ehrgeizig aber mit viel Gefühl für jeden Patienten. Er wollte den Patienten als ganzen Menschen sehen, nicht nur seine Hüft- oder Kniegelenke. Sein Vater hatte die Operationsmethode in den 60ziger Jahren verfeinert und hatte sich an diesem Krankenhaus einen Namen gemacht. Heiko war schon früh von der Arbeit seines Vaters begeistert gewesen und für ihn war es selbstverständlich, dass er in seine Fußstapfen treten würde. Er hatte keine Angst vor dem Vergleich mit seinem Vater, er wusste einfach, dass er noch besser war.

Professor Arndt Humbold bestätigte es ihm immer wieder. Für Heiko war jede Operation eine Herausforderung und er wollte dem Menschen, der auf dem OP Tisch lag helfen wieder ein schmerzfreies Leben zu führen. Die Dankbarkeit seiner Patienten war für ihn Ansporn. Er ging einfach in seiner Tätigkeit auf. Deshalb war er mit 35 Jahren auch noch nicht verheiratet. Er hatte einfach keine Zeit und oft auch keine Lust sich abends noch mit seinen früheren Studienkollegen zu treffen. Er nahm lieber an Online-Vorlesungen teil, dabei konnte er jedes Mal etwas dazu lernen. Er wohnte in der früheren Wohnung seiner

Eltern direkt am Neckar. Diese Eigentumswohnung haben sie gegen eine schöne Villa in Stadtnähe eingetauscht. Heikos Mutter, eine Innenarchitektin, richtete ihm die Wohnung sehr modern und gemütlich ein. Für so etwas fehlte Heiko jedes Interesse. Er fühlte sich wohl und das war wichtig. Nach Dienstschluss saß er noch lange am Computer oder las Fachbücher, die ihm sein Vater besorgt hatte. Zweimal in der Woche kam die Putzfrau. Sie reinigte die Wohnung und wusch und bügelte seine Wäsche. Ihm fehlte nichts, er fand das Leben einfach nur schön.

Jeden ersten Sonntag im Monat gab es einen Brunch bei seinen Eltern. Die Köchin ihrer Eltern konnte sehr gut kochen und jedes Mal waren interessante Leute eingeladen. Natürlich waren auch immer Frauen in seinem Alter dabei aber das amüsierte ihn nur. Er hatte in seinen Studentenjahren verschiedene Freundinnen gehabt aber es war keine dabei die er heiraten wollte. Und nun hatte er so viel Spaß bei seiner Arbeit, dass er gar keine Zeit für eine Frau hatte. Es war keine Frau dabei mit der er hätte ausgehen wollen. Sicher manchmal fehlte ihm schon eine Partnerin mit der er über seine Arbeit hätte reden können aber dann traf er sich mit einem Freund oder sprach mit seinem Vater.

Diesen Sonntag war es wieder soweit. Es gab einen Brunch und es waren wieder drei Töchter von bekannten Familien dabei. Die eine war Architektin, die zweite Biologin und die dritte Ingenieurin für Möbeldesign. Er war freundlich und zuvorkommend mit einer Note Unerreichbarkeit. Als er sich von seinen Eltern verabschiedete fragte seine Mutter ob nicht dieses Mal eine interessante Frau dabei war. Aber er lächelte nur und küsste seine Mutter auf die Wange.

Endlich war das Wochenende vorbei und er konnte wieder operieren. Als er den Operationssaal betrat war der Patient schon in Narkose und alle Instrumente waren bereit gelegt. Heute waren es nur Knie-OPs und das war nicht so anstrengend. Er hatte den Anspruch jeden Patienten so zu operieren, dass das bestmöglichste Ergebnis dabei herauskam. Während er das Messer ansetzte sagte sein Assistenzarzt: „Doktor Humbold, darf ich ihnen die neue OP-Assistentin vorstellen? Frau Petra Klein. Frau Klein, das ist Doktor Heiko Humbold." Er nickte in ihre Richtung und konzentrierte sich auf das Knie. Petra sagte „Guten Tag Doktor Humbold" und konzentrierte sich ebenfalls auf das Knie. Bevor er sagen konnte, dass er die Zange brauchte, hatte er sie schon in der Hand. Als er nur Tupfer dachte, nahm sie ihm die Zange weg und tupfte die Wunde ab. Mit der linken Hand gab sie ihm die kleine Säge. Sie saugte das Blut ab, tupfte ihm den Schweiß von der Stirn und war hoch konzentriert. Als sie fertig waren nähte der Assistenzarzt die Wunde zu. Heiko und Petra gingen in den Waschraum um sich zu waschen und neu einzukleiden bevor sie in den nächsten OP-Saal gingen. Während er seine Hände wusch sah er sie im Spiegel. Petra war eine gutaussehende Frau mit einer wahnsinnigen Ausstrahlung. Er schaute noch einmal zu ihr. Sie wusch sich und zog sich flink um. Es kam ihm so vor als ob sie es nicht abwarten konnte weiter zu operieren. Das gefiel ihm.

Nach der dritten Knie-OP legten sie eine Pause ein. Sein Team saß in der Cafeteria zusammen damit sie die nächsten Operationen besprechen konnten. Manchmal benutze er auch die Pause um Kritik so zu verpacken, dass sie zwar ankam aber nicht kränkte. Das ging bei einer Tasse Kaffee wunderbar. Aber heute hatte er nichts auszusetzen ganz im Gegenteil. „Frau Klein, sie machen eine gute Arbeit. Wo waren sie denn vorher?" Er wollte mehr von ihr wissen. Sie schaute ihn erstaunt an, das war ungewöhnlich, dass sie an ihrem ersten Tag gelobt wurde. Die meisten Ärzte erwarteten einfach eine gute Arbeit ohne Lob. „Danke Doktor Humbold, ich habe in der Carité in Berlin bei Professor Neuner gelernt und er empfahl mich nach vier Jahren ins Bethel-Krankenhaus nach Hamburg. Er wollte, dass ich mich weiterentwickle. Nach weiteren zwei Jahren ging ich nach Wien zum

Team um Professor Arnsbach. Und nun wollte ich mir Heidelberg anschauen und habe mich hier für Ihr Team beworben."

Sie sagte das nicht als ob sie stolz darauf wäre, obwohl sie das hätte sein könnten, sondern emotionslos faktisch. Jeder am Tisch war beeindruckt, auch Heiko. „Suchen Sie sich die Krankenhäuser nach den Städten aus?" fragte Heiko. Petra lächelte, heute zum ersten Mal „Die Arbeit ist mir am wichtigsten aber tatsächlich wollte ich schon immer mal nach Heidelberg." Heiko war von ihrer Direktheit und Professionalität beeindruckt. Am besten gefiel ihm, dass sie vollkommen natürlich war. Die Pause war zu Ende und das Team operierte weiter.

Am Ende des Tages nachdem Heiko jeden Patienten besuchte, den er heute operiert hatte, verließ er zufrieden das Krankenhaus. Während er nach Hause fuhr dachte er an Frau Klein. Die neue OP-Assistentin, eine neue Berufsgruppe die speziell für den OP ausgebildet war. Sie war konzentriert bis zur letzten Minute. Kein Wunder, dass Professor Arnsbach sie geholt hatte. Mit so einer aufmerksamen OP-Assistentin machte es noch mehr Spaß zu operieren. Er freute sich schon auf den nächsten Tag. Zu Hause surfte er im Internet. Zuerst wollte er alles über Professor Neuner wissen, der ein bekannter Herzchirurg war und dann über Professor Arnsbach der wie er Knie und Hüftoperationen machte. Nach dem Essen und einem Glas Wein entspannte er sich mit einem Buch am Kamin. Bevor er ins Bett ging dachte er „wo Petra Klein wohl wohnt?"

Petra ging nach der letzten OP ins Schwesternheim. Sie konnte sich hier in Heidelberg keine Wohnung leisten, die waren einfach zu teuer. Sie verdiente zwar als OP-Assistentin sehr gut aber sie sparte gerade auf ein Auto. Da sie noch nicht sesshaft geworden war hatte sie auch keine Möbel sondern nur einen Fernseher, einen Computer und eine Hifi-Anlage. Dies brachte immer ihr lieber Papa von Stadt zu Stadt. Er schaute sich immer gerne die Städte an in der seine Tochter arbeitete. Ansonsten wohnten Petras Eltern zufrieden auf der Insel Norderney. Sie hatten eine kleine Pension und waren mit sich und der Welt zufrieden. Nur wenn sie ihre Tochter besuchten kamen sie von der Insel runter. Petras Papa sagte immer „Wieso soll ich irgendwohin fahren? Hier ist es am schönsten. So schön, dass viele tausende Menschen jedes Jahr zu uns kommen." Da hatte er einfach recht. Und so oft es ging fuhr Petra nach Hause.

Ihr Zimmer im Schwesternheim war groß und modern eingerichtet mit einer kleinen Dusche. Für Petra war das genug, sie fühlte sich sehr wohl. Nachdem sie ihren Eltern eine E-Mail geschrieben hatte setzte sie sich zufrieden in einen Sessel und dachte über die heutigen Operationen nach. „Das war richtig toll heute. Mit Doktor Humbold kann man super arbeiten. Und menschlich ist er anders als die Ärzte die ich bisher kennen gelernt habe. Wo gab es das denn, dass der leitende OP-Arzt sich zu seinem Team in die Cafeteria setzte. Normalerweise lassen die Ärzte ihr Team in einem Besprechungsraum antanzen. Ich glaube hier gefällt es mir." Müde aber glücklich ging sie ins Bett.

Am nächsten Tag waren vier große Hüftoperationen für das Team Doktor Humbold vorgesehen. Sie trafen sich vor der ersten OP in einem Besprechungsraum um die Röntgenbilder genau zu studieren. Heiko erklärte jedem genau wie er bei der OP vorgehen will und was er von Jedem erwartete. Als sie fertig waren sagte Heiko „Gut, dann machen wir uns bereit. Nach der zweiten OP treffen wir uns in der Cafeteria." Er nickte jedem Einzelnen zu und dann gingen alle Richtung OP. Petra sah wie hochkonzentriert ihr Chef operierte. Sie war sehr angetan von seiner Arbeit und unterstütze ihn wo sie konnte. Als sie sich für die Pause aus den OP Kleidern schälten sagte Heiko wieder „Frau Klein, sie machen wirklich eine gute Arbeit. Ich hoffe ihnen gefällt es bei uns." Petra lächelte und freute sich über das Lob. Sie blieb aber bescheiden und sagte nur „Danke Doktor Humbold, mir macht die Arbeit einfach Spaß."

Genau das wollte Heiko hören. Er schaute ihr nach. Eine sehr interessante Person. Mal sehen ob ich mehr über sie erfahren kann. Er hielt seine Ohren offen und hörte überall zu wo sich zwei Schwestern oder Pfleger über Kollegen oder Kolleginnen äußerten. So bekam er heraus, dass sie im Schwesternheim wohnte und kein Auto besaß. Aha und bescheiden soll sie sein.

Alles was Heiko über sie erfuhr gefiel ihm. Eine natürliche und gutaussehende Frau die ihre Arbeit verstand. Am Abend öffnete er mal wieder seine Facebook Seite um mehr über Petra heraus zu finden. Er fand ihr Profil und schickte ihr spontan eine Freundschaftsanfrage.

„Hallo Frau Klein, könnte mich fürs Wochenende als Fremdenführer anbieten"

LG Heiko Humbold

Im nächsten Moment fasste er sich an den Kopf. „Was mach ich denn? Sie ist meine Assistentin! Und ich schicke ihr nach zwei Tagen eine Freundschaftsanfrage?" Leider konnte er die Anfrage nicht mehr rückgängig machen und hoffte sie würde es nicht falsch verstehen. Gutaussehender Chirurg baggert neue Assistentin an. Totales Klischee!!! Heiko kam sich jetzt albern vor, gerade er, der sich eigentlich überhaupt nicht um Frauen bemühte. Während er noch überlegte was er zu dieser dämlichen Freundschaftsanfrage sagen sollte blinkte ihr Profil. Sie hatte geantwortet. Jetzt war er aber überrascht und las.

„Hallo Herr Doktor Humbold, es ist nett von Ihnen, dass Sie sich meiner annehmen wollen. Natürlich sage ich nicht nein wenn Sie mir Heidelberg zeigen wollen?"

LG Petra Klein

Sie hatte eindeutig Courage! Er wollte sie privat treffen.

„Samstag um 16°° Uhr? Ich hole Sie vor dem Schwesternheim ab"LG H.H.

Petra lächelte als sie die Nachricht las und antwortete:

„Sehr gerne. Aber finden Sie das eine gute Idee mich vor dem Schwesternheim abzuholen?"

Heiko hatte sehr wohl daran gedacht, aber da er immer für Ehrlichkeit war musste er da durch und antwortete

„Das ist mir wohl bewusst aber ich habe nichts zu verbergen! Ich wünsche Ihnen noch einen schönen Abend"

LG H.H.

Petra schrieb: „Ihnen auch. Dann also Samstag um 16°° Uhr"

LG P.K.

Als sie sich morgens vor dem Besprechungszimmer sahen lachten sie sich einfach nur an. Irgendwie ging er davon aus, dass Petra Klein keine Frau war die mit ihren Eroberungen prahlen würde. Und es stellte sich heraus, dass er recht hatte. Die Operationen liefen wieder wie geschmiert und in der Pause tranken sie wieder zusammen Kaffee und hatten nur Augen füreinander. Da sie aber doch diskret vorgingen merkte es erst einmal keiner. Am Abend freute sich Heiko auf einen Austausch mit Schwester Petra per Facebook. Er setzte sich nach seinem Abendessen an den Computer.

„Hallo Frau Klein, das war wieder eine sehr gute Arbeit. Ich muss sagen, es macht außerordentlich Spaß mit Ihnen zu arbeiten. Ich habe mich heute Morgen dabei ertappt dass ich mich auf Sie gefreut habe. H. H." Sie wird schon wissen wer es ist.

„Guten Abend H.H. geht mir genauso. Wenn das so weitergeht gehe ich von Heidelberg nicht mehr weg obwohl ich noch gar nichts davon gesehen habe! Wenn Sie als Fremdenführer genauso gut sind wie Sie operieren, dann wird der Samstag superschön. P.K."

Er lachte als er das las und schrieb:

„Danke für das Kompliment. Als Arzt bin ich auf jeden Fall besser. Es hat sich herausgestellt, dass ich kein guter Unterhalter für Frauen bin. Ich hoffe Sie sind nicht enttäuscht. H.H."

Sie lächelte und antwortete: „Das kann ich mir überhaupt nicht vorstellen mit Ihrem Wissen! Das Heidelberger Schloss finden wir alle Mal!" P.K.

Er schmunzelte und schrieb. „Ich bin beruhigt, dass Sie das so sehen. Wünsche Ihnen noch einen schönen Abend. H.H."

Sie lächelte immer noch „Das wünsche ich Ihnen auch." P.K.

Nachdem sie den Computer ausgeschaltet hatte dachte sie über Heiko Humbold nach. „Was will er von mir? Ob er es ehrlich mit mir meint? Den Eindruck eines Casanovas macht er nicht auf mich. Ich werde mich mal diskret umhören." Dann las sie noch ein paar Seiten in ihrem neuen Buch und ging früh zu Bett. Der Tag war anstrengend.

Heiko überlegte was Petra wohl von ihm erwartete. Er war immerhin ihr Chef. Und eigentlich wollte er nie etwas mit einer

Mitarbeiterin anfangen. Aber er beruhigte sich, dass er ihr ja nur die Stadt zeigen wollte. Sie kam ihm nicht leichtfertig vor. Vielleicht hatte sie irgendwo einen Freund. Er wollte sich mich mal diskret umhören.

Dann war auch schon Samstag. Er überlegte wie er Petra überraschen könnte und lieh sich zwei Fahrräder. Als er mit den Fahrrädern vor dem Schwesternheim auftauchte stand Petra schon vor der Tür und lachte lauthals. „Das ist ja mal eine gute Idee Herr Humbold." Heiko lachte ebenfalls „Ich hoffe Sie sind nicht enttäuscht, dass ich nicht mit dem Cabrio gekommen bin. Mit dem Fahrrad kann man durch die Fußgängerzone fahren und Parkprobleme haben wir so auch nicht." Sie gaben sich die Hand und Petra entschied sich für das rote Fahrrad. Heiko wollte ihr zuerst die Innenstadt zeigen und dann noch den Stadtteil Handschuhsheim, weil es dort tolle Kneipen und Biergärten gab. Petra war einverstanden. Bei einem kurzen Stopp auf der Brücke zeigte er wo der Philosophenweg war, welches Gebäude am Neckar die Universität war und er erzählte die Geschichte der alten Brücke. Am Rathaus bestaunte Petra die Kirche und den schönen Platz, dann schoben sie die Fahrräder durch die Fußgängerzone. Heiko zeigte ihr den Universitätsplatz, das Museum und erzählte in welchem Kaffee es guten Kuchen gab. Dann fuhren sie nach Handschuhsheim. Heiko kannte einen schönen Biergarten den er direkt ansteuerte. Als die Fahrräder gesichert waren suchten sie sich einen schattigen Platz unter einer Eiche.

„Danke Herr Humbold, dass Sie mir Heidelberg zeigen. Es ist wirklich schön hier." Heiko nickte „Ich wohne auch gerne hier. Aber jetzt bestellen wir uns erst einmal etwas zu trinken und eine Brotzeit, ich habe großen Hunger." Petra war ganz seiner Meinung. Nachdem sie die Bestellung aufgegeben hatten war Petra neugierig. „Machen Sie diese Besichtigungstour mit jeder neuen Assistentin in Ihrer Abteilung?" Heiko lachte und schüttelte den Kopf „Nein, Sie sind die Erste. Sie haben mich neugierig gemacht als Sie uns erzählten wo Sie schon überall gearbeitet haben. Eine OP Assistentin die mitdenkt. Das gefällt mir. Sie machten mir gestern den Eindruck als ob Sie unserem Oberarzt am liebsten das Skalpell aus der Hand genommen hätten weil er sich so ungeschickt anstellte. Sie hätten am liebsten selbst operiert. Habe ich recht?" Petra wurde etwas verlegen. „Nun, in der Tat hätte ich mir zugetraut den Schnitt zu setzen aber ich bin schon froh ab und zu eine Wunde zunähen zu dürfen." Heiko überlegte „Wieso haben Sie nicht Medizin studiert?" Er schien ihren wunden Punkt getroffen zu haben, denn plötzlich veränderte sich ihr Gesichtsausdruck. „Ja das wäre mein Berufswunsch gewesen. Aber der Weg von zu Hause zum Gymnasium war schon eine kleine Weltreise wenn man auf einer Insel wie Norderney wohnt. Zudem hielten meine Eltern ein Studium für ein Mädchen einfach für überflüssig. Sie hofften, dass ich Köchin oder Konditorin werden würde um ihre kleine Pension auf Norderney weiter zu führen. Ich konnte mich aber nicht dafür erwärmen. Und ich wollte ihnen nicht auf der Tasche liegen. So überlegte ich wie ich meinem eigentlichen Berufswunsch nahe kommen könnte und entschied mich OP-Assistentin zu werden." Heiko verstand. „Sie stehen im OP als ob Sie nie etwas anderes gemacht hätten. Wenn man mit Ihnen arbeitet hat man das Gefühl, dass es Ihre Berufung ist." Petra lächelte jetzt und antwortete: „Ja, es ist ein Traum in einem guten Team zu arbeiten und die Operationen zu unterstützen." Heiko überlegte wie er das Gespräch privater gestalten könnte und so fragte er direkt.

„Das wird Ihrem Freund aber nicht gefallen wenn Sie so oft die Städte wechseln?" Petra dachte – Aha, jetzt wird es privat. „Ich bin Single. Und Sie? Hat Ihre Freundin nichts dagegen wenn Sie der neuen Assistentin Heidelberg zeigen?" Heiko schmunzelte. Gut gekontert. „Ich bin auch Single. Leider hält es keine Frau lange mit mir aus. Ich bin mit meinem Beruf verheiratet und wenn ich Feierabend habe nehme ich digital noch an Vorlesungen teil oder lese Fachbücher. Die Frauen, die ich bisher getroffen habe wollten abends um die Häuser ziehen, ins Kino gehen oder spontan einen Kurztrip nach Paris machen. Dafür kann ich mich nicht begeistern. Und Sie? Was machen Sie in Ihrer Freizeit?" Petra überlegte was sie darauf sagen konnte. „Nun, ich bin noch nicht in Heidelberg angekommen. Aber ich suche mir gerade ein Sportstudio und habe mir die Kulturseite der Stadt ausgedruckt. Nach Feierabend mache ich Sport und wenn ich nicht lese oder auf einer Fortbildung bin, möchte ich alle Museen und Sehenswürdigkeiten anschauen." Heiko entspannte sich als er merkte, dass sie einige Gemeinsamkeiten hatten. „Wenn es Ihnen mit mir nicht zu langweilig ist könnte ich Sie ins Museum begleiten." Petra freute sich, Heiko war ihr sehr sympathisch. „Sehr gerne."

Nach dem Essen war sich Heiko sicher, dass Petra eine interessante Frau war. Ganz gegen seine Grundsätze hob er das Glas und meinte „Ich bin Heiko, darf ich Petra sagen?" Petra war zu erstaunt um etwas zu sagen. Sie konnte nur nicken und „Prost Heiko" sagen. Da das nun geklärt war, war Heiko noch gesprächiger. „Möchtest du noch etwas aus deinem Leben erzählen?" Petra fragte „Was willst du denn wissen?" Heiko schaute ihr in die Augen und sagte leise „Mich interessiert alles was mit dir zu tun hat." Das war der Augenblick in dem sie sich in ihn verliebte.

Viele Geschichten und eine Flasche Wein später brachte er Petra zum Schwesternheim zurück. „Danke Petra, das war ein wunderschöner Abend mit dir. Ich hoffe wir machen das jetzt öfter." Petra war glücklich. „So geht es mir auch. Es war ein sehr schöner Abend. Gute Nacht." Heiko zögerte zuerst aber dann beugte er sich zu ihr und gab ihr einen Kuss. Zuerst sachte und leicht, aber als sie reagierte war es ein sehr inniger langer Kuss. „Gute Nacht meine Schöne." Sie sahen sich noch einmal in die Augen und dann ging Petra zur Tür. Da fiel Heiko noch etwas ein. „Petra, ich habe gar nicht deine Telefonnummer." Petra nahm sein Handy und tippte die Nummer ein, dann gab sie ihm nochmal einen schnellen Kuss, sprang die Treppe hoch und verschwand in der Haustür.

Als Petra die Treppe zu ihrem Appartement hochlief sprach sie mit sich selbst. „Wenn er noch dasteht und zu meinem Appartement hochschaut meint er es ernst." Sie schloss die Tür auf und ging sofort zum Fenster. Bingo. Da stand er und sie gab ihm noch einen Handkuss mit auf dem Weg. Erst als sie geduscht hatte und im Bett lag dachte sie daran wie es wohl sein würde jetzt mit ihm zu arbeiten. Ob er sie in der Öffentlichkeit duzte? Ob er überhaupt will, dass jemand erfährt, dass sie zusammen einen Abend verbracht haben? Jetzt schimpfte sie mit sich selbst weil sie Heiko zwar ihre Telefonnummer gegeben hatte aber nicht nach seiner gefragt hatte. Sie musste sich wohl gedulden bis Montagmorgen um ihn bei einer günstigen Gelegenheit darüber zu befragen.

Gerade als sie das Licht löschen wollte kam eine Nachricht auf ihrem Handy herein. Es war Heiko. Er schrieb:

„Was machst du eigentlich morgen?" Glücklich schrieb sie zurück „An was hättest du denn gedacht?" Und als die Antwort kam wusste sie, dass alles gut ist. Er schrieb „Frühstück bei mir? 10:00 Uhr Goethestraße 18, im zweiten Stock."

Pünktlich um 10:00Uhr klingelte Petra mit klopfendem Herzen an Heikos Eingangstür. Er öffnete strahlend die Tür und begrüßte sie mit einem langen Kuss. „Guten Morgen, wie hast du geschlafen?" Petra lächelte ihn an und schmunzelte: „Sehr, sehr gut. Und noch besser als ich von der Aussicht eines Frühstückes las." Heiko zeigte ihr die Wohnung und führte sie auf die Terrasse wo er den Tisch gedeckt hatte. Er versuchte so cool wie möglich rüber zu kommen. Sie sollte nicht merken, dass er schon seit zwei Stunden auf den Beinen war um diesen reich gedeckten Tisch vorzubereiten. Petra war wirklich beeindruckt. Da kam

Heiko ein Gedanke. „Ich hoffe du frühstückst auch etwas oder gehörst du zu den Frauen die morgens nur Kaffee trinken?" Petra, die gerade die Aussicht genoss dreht sich um und sagte: „Ich habe einen Bärenhunger!" Da war Heiko aber froh. Eine intelligente hübsche Frau, die auch essen wollte.

Genau so eine Frau hatte er sich immer gewünscht. Petra aß tatsächlich zwei Brötchen, ein Ei und naschte auch von dem Müsli. Heiko fühlte sich richtig wohl. Erst jetzt überlegte er ob er je mit einer Frau auf seiner Terrasse gefrühstückt hatte? Noch nie! Und das Schönste war, dass sie schon seit zwei Stunden erzählten und das Frühstück in vollen Zügen genossen. Das war ein Sonntag nach seinem Geschmack.

Er streichelte ihr gerade über ihr schönes Haar als das Telefon klingelte. Missmutig stand er auf und nahm den Hörer ab. Es war seine Mutter die dachte, dass er wieder einmal den ganzen Sonntag alleine zu Hause wäre. Sie fragte ob er Lust hätte mit seinen Eltern im Europäischen Hof essen zu gehen. Heiko lehnte dankend mit den Worten ab: „Danke Mutter, wir haben gerade gefrühstückt." Als er merkte was er gesagt hatte schlug er sich mit der flachen Hand auf die Stirn. Seine Mutter wollte natürlich sofort wissen ob er eine neue Freundin hätte und ob sie diese auch kennen würde. Aber Heiko wollte jetzt nicht reden und ging gar nicht auf das Gespräch ein. Er sagte lediglich: „Ja, Petra und ich haben gerade gefrühstückt. Ich wünsche euch auch einen schönen Tag." Bevor Heikos Mutter noch etwas erwidern konnte, legte er einfach auf. Wenn er auf die Frage eingegangen wäre, hätte er mindestens eine Stunde telefonieren müssen und die Zeit war ihm dafür zu schade.

Als er zu Petra kam meinte er dann „Das war meine Mutter. Jetzt wird sie mich heute Abend anrufen um herauszubekommen wer meine Freundin ist. Da steht dir noch etwas bevor." Petra verstand nicht, deshalb erzählte er weiter. „Meine Mutter gehört zu den Menschen mit einem Standesdünkel. Sie würde mich am liebsten mit einer Industriellen- oder Professorentochter verheiraten. Am besten noch mit Adelstitel. Aber dafür ist mein Vater völlig leger." Petra bekam es ein bisschen mit der Angst. „Was wird deine Mutter sagen wenn sie erfährt, dass ich deine OP-Assistentin bin?" Heiko winkte ab. „Erstens bist du nicht nur eine Assistentin sondern eine hervorragende Assistentin und zweitens bist du eine schöne und intelligente Frau. Meine Mutter wird deinem Charme genauso erliegen wie ich." Und damit küsste er sie innig und leidenschaftlich. Petra erlag auch Heikos Charme und so verbrachten sie den Nachmittag im Bett.

Abends brachte Heiko sie zurück zum Schwesternheim. Bevor sie aus dem Auto stieg schaute sie Heiko an und fragte: „Wie machen wir es bei der Arbeit?" Als er verständnislos schaute erklärte sie: „Du bist mein Chef." Jetzt verstand Heiko. „Ich war schon immer der Meinung, dass Heimlichkeiten nichts bringen. Bevor wir morgen beginnen werde ich kurz sagen, dass wir ein Paar sind. Dann gibt es kein Getuschel oder Getratsche. Oder geht dir das zu schnell?" Petra schüttelte glücklich den Kopf. Sie war froh, dass das geklärt war obwohl sie ein bisschen Angst vor der Reaktion der Kolleginnen und Kollegen hatte. Was würden sie sagen oder denken. Kaum ist Petra eine Woche da hat sie sich schon den Chef geangelt!

Als sie geduscht hatte blinkte ihr Computer.

Es war natürlich Heiko:

„Ich danke dir für den wunderschönen Tag und hoffe wir können das jederzeit wiederholen?" H.

Petra war nur noch glücklich:

„Ja, der Tag war wunderschön. Was wiederholen wir? Das Frühstück oder…?" P.

„Mit dir will ich Alles wiederholen! Ab liebsten hätte ich dich gar nicht gehen lassen sollen"

H. mit Herz

„Mir geht es auch so. Schlaf gut. Ich freue mich auf morgen Früh!" P. mit doppeltem Herz

Dann kamen nur noch Herzen als Antwort.

Petra ging mit Absicht erst spät in die Klinik damit sie die Letzte war die zur Besprechung kam. Als Heiko sie sah, lächelte er sie aufmunternd an und sagte „Guten Morgen Petra." Alle Köpfe schauten sofort in ihre Richtung. Na toll, jetzt hatte sie alle Aufmerksam die sie gar nicht wollte. Aber Heiko hielt Wort und räusperte sich: „Liebe Kolleginnen und Kollegen, wie Sie alle wissen halte ich nichts von Getratsche oder Gerüchten. Deshalb möchte ich sie hiermit darüber informieren, dass Frau Petra Klein und ich ein Paar sind. So und jetzt konzentrieren wir uns wieder auf die Arbeit." Dann drehte er sich zur Wand und erklärte allen Anwesenden die Schwierigkeit der heutigen Hüft-OP. Der Patient hatte Glasknochen und deshalb mussten sie hier sehr vorsichtig vorgehen und Heiko wollte, dass der Patient wieder gehen konnte. Er nickte Petra zu und ging schon mal vor um sich für die OP um zuziehen.

Außer ein paar belanglosen Sätzen konnten Petra und Heiko nicht viel miteinander reden. Es passte nicht in den Tagesablauf und nicht in den OP-Saal. Erst nach der letzten OP als beide ihre Hände wuschen lächelte er Petra an und fragte: „Wollen wir etwas essen gehen? Ich könnte dich um 19⁰⁰ Uhr abholen?" Petra nickte glücklich. Dann brachte Petra noch das OP Besteck zur Sterilisation und ging ins Schwesternheim. Sie hatte gerade geduscht als es an ihrer Tür klopfte. Ein Blick auf die Uhr sagte, dass es nicht Heiko sein konnte. Es war erst 18:30 Uhr. Ihre Kollegin Jenny stand da. „Sag mal wie hast du das denn gemacht?

Kaum bist du da hast du dir schon den Chefarzt gekrallt. Kompliment. Erzähl mal wie es dazu gekommen ist?" Petra war sprachlos. Jenny war zwar freundlich aber mit ihr gesprochen hatte sie nicht viel. Sie dachte: „Wie kommt sie nur auf die Idee, dass ich über mein Verhältnis zu Heiko reden würde". Also sagte sie freundlich aber bestimmt: „Jenny, tut mir leid, aber ich werde gleich zum Abendessen abgeholt. Und versteh mich nicht falsch, aber die Freundschaft mit Heiko Humbold ist mir wichtig. Ich möchte nicht darüber reden. Hab noch einen schönen Abend." Bevor Jenny noch etwas antworten konnte, schloss Petra langsam die Tür. Sie wollte ihr die Tür ja nicht vor der Nase zuschlagen. Der Abend mit Heiko war ganz nach ihrem Geschmack. Beim Essen unterhielten sie sich über die heutigen Operationen und welche Operationsmethode bei Patienten mit Glasknochen sinnvoll war. Dann ging sie wie selbstverständlich mit zu Heiko und verbrachte auch die Nacht dort. Allerdings wollte sie früher aufstehen um im Schwesternheim zu duschen und sich für den Tag fertig zu machen.

Der nächste Tag und Abend verlief wie der vorherige und am Ende der Woche dachten beide, dass sie sich schon ein Leben lang kennen würden. Sie waren so vertraut miteinander, dass es Heiko schwer fiel sie abends zurück ins Schwesternheim zu bringen. Deshalb fragte er sie schon einen Monat später ob sie nicht bei ihm einziehen wollte. Petra war sprachlos „Aber Heiko, wir sind erst seit vier Wochen zusammen. Findest du das nicht ein bisschen früh?" Heiko war anderer Meinung: „Wir sind in einem Alter wo man weiß was man will. Wieso sollen wir nicht zusammen leben? Es passt doch so gut mit uns. Oder hast du Bedenken?" Petra hatte keine Bedenken. Sie war sich ihrer Gefühle für Heiko sicher. „Ich mache dir einen Vorschlag. Zunächst behalte ich noch das Appartement, aber wir können meine Kleider, Bücher und meinen Computer hierher bringen. In ein oder zwei Monaten kann ich dann das Appartement kündigen." Heiko war einverstanden und so brachten sie am Sonntag Petras

Sachen zu Heiko. Zur Feier des Tages köpfte Heiko eine Flasche Champagner und übergab Petra den Wohnungsschlüssel. Abends saßen sie noch lange auf der Terrasse und Heiko fühlte sich angekommen.

Im Krankenhaus gab es tatsächlich kein Getratsche wegen dem Verhältnis zu Petra weil Heiko auch seine Vorgesetzten unterrichtete und klar stellte, dass es sich hier um eine ernste Beziehung handelte. Petra war im siebten Himmel. Sie dachte, dass es schön wäre wenn ihre Eltern Heiko kennen lernen würden und so fragte sie Heiko ob er am kommenden Wochenende mit ihr nach Norderney fahren würde. „Das würde ich gerne, aber es ist der erste Sonntag im Monat. Meine Mutter gibt da immer ihren Brunch und ich wollte dich bei dieser Gelegenheit meinen Eltern vorstellen." Petra verstand das natürlich: „Gut, dann fahren wir einfach das nächste Wochenende zu meinen Eltern, was meinst du?" Heiko war einverstanden und Petra informierte ihre Eltern. Petras Eltern freuten sich mit ihr über ihr Glück und ließen Grüße an Heiko ausrichten. Schließlich rief Heiko bei seiner Mutter an um sie über den Besuch von Petra zu informieren. Heikos Mutter mochte keine Überraschungen.

„Hallo Mutter, ich wollte dich informieren, dass ich am Sonntag meine Freundin Petra mitbringe um sie euch vorzustellen." Heikos Mutter war erst erfreut aber dann sehr neugierig. „Petra hat doch sicherlich einen Nachnamen? Wer ist sie? Und was ist sie? Medizinerin, Juristin, lass dir doch nicht alles aus der Nase ziehen. Kenne ich sie oder ihre Familie?" Heiko lachte über die Neugier seiner Mutter. „Nein, sie heißt Petra Klein, kommt von der Insel Norderney und ist eine hervorragende OP Assistentin. Sie arbeitet in meiner Abteilung und seit Sonntag wohnt sie auch bei mir. Sonst noch Fragen?"

Heikos Mutter war entsetzt. „Sag mir bitte, dass das ein Scherz ist." Heiko wusste nicht warum sie so reagierte. Den Standesdünkel seiner Mutter hatte er nie ernst genommen aber langsam kam ihm die Unterhaltung unwürdig vor. „Ich scherze nicht wenn es sich um meine Freundin handelt. Sie ist eine hervorragende OP-Assistentin und eine sehr intelligente schöne Frau. Sie wird dir gefallen." Aber Heikos Mutter gab nicht so schnell auf. „Wenn du ein Verhältnis mit einer Krankenschwester hast, dann genieße es, aber mach daraus bitte keine ernste Sache. Und bring deine Techtelmechtel nicht in mein Haus." Heiko dachte, dass er nicht richtig gehört hatte. „Mutter, ich werde gleich ungemütlich. Hast du mir nicht zugehört. Petra ist keine Krankenschwester sonder eine OP-Assistentin und seit ein paar Tagen lebt sie mit mir zusammen in meiner Wohnung. Wir haben eine ernste Beziehung und ich denke das erste Mal in meinem Leben über eine Hochzeit nach. Habe ich mich jetzt klar ausgedrückt."

Margot, Heikos Mutter war entsetzt. Das durfte doch nicht wahr sein! Eine Krankenschwester als Schwiegertochter! Das kam überhaupt nicht in Frage. Sie war überzeugt, dass sich eine kleine Krankenschwester den Chefarzt geangelt hatte und ihm bestimmt gleich ein Kind unterjubeln wollte. „Heiko nimm doch bitte Vernunft hat. Du lässt diese Frau nach vier Wochen schon bei dir wohnen? Was ist denn in dich gefahren? Bitte komm am Sonntag allein. Ich habe als Überraschung für deinen Vater Herrn Professor Neuner aus der Carité in Berlin eingeladen. Er ist wegen eines Vortages in Heidelberg und ist ein alter Freund deines Vaters. Was wird er denken wenn du mit einer Krankenschwester kommst?" Heiko lachte sarkastisch „Ich dachte immer dir ist mein Glück wichtiger als dein Ansehen. Aber ich kann dich beruhigen. Professor Neuner wird sich sehr freuen Petra zu sehen. Er hat schon mit ihr gearbeitet und kennt sie gut." Margot wusste jetzt nicht mehr was sie noch sagen sollte. Also gut, soll die Person kommen, sie würde sich schon um sie kümmern! Deshalb sagte sie resigniert: „Gut, dann bring sie mit wenn es dir so wichtig ist. Aber ich bin nicht dafür verantwortlich wenn sie sich in unseren Kreisen nicht wohl fühlt." Bevor Heiko noch etwas erwidern konnte hatte sie schon aufgelegt. Er war sich jetzt nicht mehr so sicher ob es eine gute Idee war Petra jetzt schon seiner Mutter vorzustellen. Deshalb wollte er sie darauf vorbereiten.

Samstags schlug er Petra einen Stadtbummel vor, denn er wollte ihr ein schönes Kleid mit passenden Schuhen kaufen. Er wollte auf keinen Fall, dass sie sich bei seinen Eltern unwohl fühlte. Als er bei einer sehr teuren Boutique stehen blieb um ihr ein wirklich tolles Kleid zu zeigen sagte sie ernst: „Heiko, das Kleid ist wirklich schön, aber viel zu teuer." Deshalb antwortete er: „Ich möchte es dir gerne schenken, komm probier es doch erst einmal an." Petra wusste nicht so recht wie sie reagieren sollte. Aber instinktiv merkte sie, dass es etwas mit dem Sonntagsbrunch zu tun hatte. „Heiko, kann es sein, dass du mir das Kleid kaufen willst um morgen bei deiner Mutter Eindruck zu machen? Zieht man sich da so schick an wenn man bei euch zu Hause frühstückt?" Heiko nickte beschämt: „Meine Mutter legt wahnsinnigen Wert auf Äußerlichkeiten. Wenn sie den Brunch gibt lädt sie Menschen ein, die entweder Künstler sind und gerade eine Ausstellung in Heidelberg haben oder frühere Kollegen meines Vaters oder Persönlichkeiten aus Politik, Wirtschaft und Kultur. Sie meint, um es profan auszudrücken, sie ist etwas Besonderes. Meine Eltern residieren in einer Villa. Sie haben eine Haushälterin, einen Gärtner und einen Chauffeur. Meine Mutter hat einige Immobilien von ihren Eltern geerbt." Als er geendet hatte war Petra entsetzt.

„Heiko, deine Mutter wird mich nicht akzeptieren! Ist dir das klar?" Heiko wusste darauf nichts zu sagen, denn Petra hatte es gespürt. „Auch nicht wenn ich so ein Kleid trage." Heiko war kein Feigling und kein Muttersöhnchen deshalb antwortete er sehr ernst: „Wenn sie dich nicht akzeptiert ist das allein ihr Problem. Für mich ändert sich gar nichts. Ich habe mich in dich verliebt und in dir eine Partnerin gefunden die mich voll und ganz versteht. Wir kennen uns noch nicht lange, aber ich fühle mich bei dir und mit dir angekommen." Petra war sehr gerührt und sie spürte, dass er es ernst meinte. Deshalb versuchte sie zu lächeln und meinte keck: „Okay, ich probier das Kleid an wenn du dich dann besser fühlst." In dem Kleid bekam Petras Ausstrahlung noch einmal einen Schub. Heiko war stolz auf seine Freundin und war sich sicher, dass Petra morgen beim Brunch jeder Frau die Schau stehen würde. Sie fanden noch passende Schuhe und ließen den Abend in einer Weinstube ausklingen.

Pünktlich um 11:00 Uhr standen sie vor der Villa. Georg der Gärtner sah sie schon von weitem und öffnete die Haustür. Petra staunte zwar über die Größe der Villa und des Grundstückes aber materielle Dinge konnten sie nicht wirklich beeindrucken. Sie hatten einen wirklich edlen Blumenstrauß binden lassen und so führte Heiko Petra auf die Terrasse der Villa. Als Margot ihren Sohn sah entschuldigte sie sich sofort bei den Gästen und eilte auf ihn zu. Zu ihrer Überraschung musste sie zugeben, dass die Frau an Heikos Seite wirklich sehr schön war und eine wahnsinnige Ausstrahlung hatte. Auch Heikos Vater hatte ihn gesehen und kam ebenfalls zur Begrüßung. Nach dem Wutanfall seiner Frau am Freitagabend wollte er die Freundin seines Sohnes auch sehen und Heiko notfalls vor einer weiteren Auseinandersetzung mit seiner Mutter schützen.

Heiko begrüßte zuerst seine Mutter: „Hallo Mutter" er küsste sie auf die Wange und stellte gleich Petra vor. „Darf ich vorstellen, das ist meine Freundin Petra Klein. Petra, das ist meine Mutter." Petra übergab den Blumenstrauß und sagte: „Vielen Dank für die Einladung. Schön Sie kennen zu lernen." Margot nahm den Blumenstrauß und gab ihn gleich an Georg weiter. „Danke Frau Klein." Während sie Petra musterte begrüßte Heiko seinen Vater und stellte auch ihm Petra vor. Dieser sagte freundlich „Herzlich willkommen Frau Klein, fühlen Sie sich wie zu Hause." Mit Blick auf Petra sagte er zu Heiko „Du hast einen wirklich guten Geschmack." Aber der Blick seiner Frau ließ ihn verstummen und er suchte das Weite. Margot ging zum Angriff über „Ich hoffe Sie fühlen sich hier wohl. Ich meine, Sie sind so eine Gesellschaft bestimmt nicht gewöhnt." Heiko wurde blass so schämte er sich für seine Mutter. Aber bevor er Petra zu Hilfe eilen konnte sagte diese freundlich „Sie brauchen sich keine Sorgen zu machen ich kann mich benehmen." Margot fand die Antwort unverschämt. „Nun, wenn man sich den Chefarzt angelt muss man wohl gute Umgangsformen haben." Dann drehte sie sich um und begrüßte neue Gäste. Heiko war außer sich. „Petra, ich möchte mich für das Benehmen meiner Mutter entschuldigen. Wenn du dich nicht wohl fühlst gehen wir sofort wieder." Aber Petra war nicht nur eine schöne, sondern auch eine kluge Frau. „Mir geht es gut. Komm lass uns etwas trinken. Deinen Vater mag ich." Heiko lachte und führte seine Freundin herum.

Kaum traten sie ins Freie da hörten sie: „Frau Klein? Petra Klein? Ich glaube es ja nicht. Hallo, wie geht es Ihnen?" Petra war so überrascht, dass sie ganz vergaß Heiko vorzustellen. „Professor Neuner, das ist ja eine Überraschung. Sie hier in Heidelberg?" Der Professor legte Petra freundschaftlich die Arme um die Schulter. „Ich habe hier einen Vortrag gehalten und mein alter Freund Humbold hat mich zum Brunch eingeladen. Arbeiten Sie hier in Heidelberg?" Jetzt drehte sich Petra zu Heiko um. „Herr Professor, darf ich Ihnen meinen Freund, Heiko Humbold, vorstellen. Ich arbeite in seinem OP-Team." Der Professor schüttelte Heiko die Hände. „Sie sind ein Glückspilz Humbold. Sie haben nicht nur eine super OP-Assistentin sondern auch eine schöne Frau bekommen. Glückwunsch." Heiko freute sich über den Professor. „Die Freude ist ganz meinerseits, Petra hat viel von Ihnen erzählt. Schön Sie persönlich kennen zu lernen." Der Professor war auch angetan von Heiko. „Humbold, Klein, wollen wir uns da drüben zu ihrem Vater setzen, dann haben wir beim Essen die Möglichkeit uns auszutauschen. Kommen Sie!" Und so kam es, dass der Professor kurzerhand die Tischordnung änderte, damit Heiko und Petra an seinen Tisch kamen. Heikos Vater war über diese Wendung erfreut und nachdem jeder einen Platz gefunden hatte ging es auch schon los mit den OP-Geschichten.

Als Margot an den Tisch kam bemerkte Heiko ihre Empörung. Aber der Professor, der Margots Gesichtsausdruck richtig deutete kam ihr zuvor. „Meine liebe Frau Humbold, Sie haben mir eine große Freude gemacht. Nicht nur, dass ich meinen alten Freund Arndt wieder sehe, Sie haben auch noch Frau Klein, meine fleißigste OP-Assistentin, eingeladen. Sie haben bestimmt nichts dagegen, dass wir die Tischordnung änderten um uns auszutauschen?" Margot musste wohl oder übel nachgeben. „Natürlich ist es in Ordnung. Aber bitte entschuldigen Sie mich, wenn sie alle nur von Operationen reden, setze ich mich zu unserer Künstlergruppe. Da bin ich besser aufgehoben." Und schon war sie wieder weg. Sie ärgerte sich maßlos. Wie konnte dieser Professor einfach ihre Tischordnung ändern? Da muss ich noch ein Wort mit Arndt reden. Er hätte dies verhindern müssen.

Am Tisch von Heiko und Petra wurde diskutiert, gelacht und viel getrunken. Außer dem Professor und Arndt saß noch ein Mediziner-Ehepaar am Tisch. Alle Gäste bemerkten, dass sich da eine Gruppe Menschen gefunden hatten die sich richtig gut verstanden. Als es Nachmittag wurde verabschiedeten sich die meisten Gäste und Arndt musste immer wieder seine Gespräche unterbrechen um die Gäste zu verabschieden. Endlich waren alle Gäste bis auf diesen einen Tisch gegangen. Gerade als Arndt wieder an seinen Tisch zurückwollte hielt ihn Margot zurück. „Arndt, was sollte das mit dem Professor. Wie konntest du zulassen, dass ein Gast die Tischordnung ändert?" Arndt nahm seine Frau in den Arm: „Aber Margot, ich dachte du wolltest mir eine Freude machen als du Karl eingeladen hast. Wir haben uns viele Jahre nicht gesehen und natürlich reden Ärzte über Operationen. Da war es doch völlig in Ordnung die Mediziner an einen Tisch zu holen. Die anderen Gäste hätten sich gelangweilt."

Margot war noch nicht versöhnt „Aber dadurch hast du zuge-lassen, dass ich woanders sitzen musste." Arndt lächelte „Meine Liebe, du wärst sowieso viel lieber bei den Künstlern gesessen, also damit kannst du mir nicht kommen. Was war es wirklich was dich geärgert hat?" Margot platze damit heraus „Mich ärgert, dass du zugelassen hast, dass diese Krankenschwester, die unseren Sohn einfangen will am Tisch sitzt. Du kannst doch nicht ernsthaft wollen, dass unser Sohn eine Krankenschwester als Freundin hat?" Arndt seufzte „Margot, das hat sich durch Karl so ergeben. Aber ich muss sagen, Petra ist sehr intelligent und Karl hält große Stücke auf sie. Sie konnte unseren Gesprächen mühelos folgen und hatte gute Argumente. Ich kann Heiko gut verstehen. Neben seiner eigenen Geschicklichkeit im OP ist die OP-Assistentin die wichtigste Person. Wenn sie auch noch so hübsch ist wie Petra, dann ist das für einen Mediziner ein Glücksgriff." Margot stöhnte „Hat sie dich auch schon um den Finger gewickelt? Männer!- Aber jetzt werde ich wieder die Zügel in die Hand nehmen und der Dame auf den Zahn fühlen." Arndt hielt sie zurück „ Margot, deinem Sohn ist es ernst mit Petra. Gib ihr bitte eine Chance und lerne sie erst einmal kennen." Margot schaute ihren Mann überrascht an. Er meinte es auch Ernst. „Gut, ich werde mich benehmen. Versprochen." Dann gingen sie zusammen auf die Terrasse.

Heiko und Petra waren aufgestanden um zu gehen. Gerade ver-abschiedeten sie sich von Professor Neuner und dem Ehepaar Brauer. Da kam Margot „Heiko! Wollt ihr schon gehen? Jetzt habe ich endlich Zeit mich mit euch zu unterhalten. Bleibt doch noch ein bisschen." Heiko wusste nicht so recht wie seine Mutter es meinte, aber ein Blick in Petras Augen zeigten ihm, dass sie keine Angst hatte. Und so willigte er ein „Gut, dann trinken wir noch ein Glas Champagner." Margot setzte sich zwischen Petra und Professor Neuner. Dieser sagte zu ihr „Frau Humbold schön, dass sie sich zu uns setzen. Wir werden jetzt nicht mehr über Operationen sprechen sondern über Kunst. Ich habe gehört, dass sie junge Künstler fördern. Das ist sehr nobel von Ihnen. Ich selbst verstehe überhaupt nichts von Kunst außer von Kunstfehlern." Da lachten die Mediziner. Petra wandte sich ihr zu und sagte „Wenn ich richtig gesehen habe war bei der Künstlergruppe der Maler und Bildhauer Leo Wichert aus München gesessen. Ist das richtig?" Margot war sehr erstaunt. „Ja das war Leo. Kennen Sie Werke von ihm?" Petra lächelte „Als ich in München arbeitete, war ich zweimal bei einer Ausstellung von ihm. Seine surrealistische Bilder finde ich faszinierend." Nun war Margot ein bisschen beeindruckt. Nicht mal ihre Freundinnen kannten Leo oder wussten wie man den Stil seiner Malerei bezeichnete. Aber dennoch wollte sie die Freundin ihres Sohnes noch nicht akzeptieren. „Was interessiert sie noch außer Chefärzte und Kunst?" Augenblicklich waren die Gespräche am Tisch verstummt.

Professor Neuner kam Heiko zuvor als er sagte „So liebe Freunde ich muss mich jetzt auch verabschieden, mein Zug geht in zwei Stunden. Arndt würdest du mir bitte ein Taxi bestellen?" Arndt war auch aufgestanden und meinte zu Margot gewandt „Liebes würdest du bitte ein Taxi rufen lassen." Er wollte sie von Heiko und Petra weglotsen. Margot blieb als Gastgeberin nichts anderes übrig als dem Wunsch zu folgen und ging ins Haus. Das Ehepaar Brauer stand ebenfalls auf und Heiko sowie Petra taten es ihnen gleich. Sie gingen alle Richtung Haustür. Dort verabschiedeten sich zuerst das Ehepaar Brauer von Margot und Arndt. Dann kam das Taxi und Professor Neuner wurde verabschiedet. Er nahm Petra liebevoll in den Arm und Heiko gab er die Hand. Arndt und er klopften und drückten sich zum Abschied. Dann gab er Margot einen formvollendeten Handkuss und winkte allen zu. Als das Taxi weggefahren war sagte Heiko „So wir gehen jetzt auch. Danke für den Brunch." Er drückte seinen Vater kurz und nickte seiner Mutter nur zu. Petra gab zuerst Arndt die Hand, der diese übersah und sie einfach in den Arm nahm. „Petra, danke für ihren Besuch. Es war ein schöner

Tag in dieser Runde." Als Petra sich zu Margot umdrehte sah sie deren Gesichtsausdruck. Aber Petra ließ sich dadurch nicht einschüchtern. Sie sagte tapfer „Danke für die Einladung Frau Humbold, es war wirklich ein schöner Tag." Margot sagte nichts sondern nickte nur und ging zur Seite damit die Beiden das Haus verlassen konnten. Arndt winkte den beiden noch nach und schloss dann die Tür. Er war schon lange nicht mehr so enttäuscht über seine Frau. Als er sie im Wohnzimmer fand konnte er sich nicht mehr halten

„Bist du jetzt stolz auf dich? Wie konntest du die Freundin deines Sohnes so behandeln? Meinen Freund Karl hast du auch aus dem Haus gejagt, er hat die Situation gerettet indem er sich verabschiedete." Margot wollte etwas erwidern aber Arndt war noch nicht fertig. „Nein sein Zug geht nicht in zwei Stunden er fährt erst morgen zurück. Oder wolltest du Zeugen für deine Ablehnung gegenüber dem Mädchen?" Nun war Margot doch ein wenig erschrocken, so hatte sie Arndt noch nicht erlebt. Das tat ihr natürlich leid wenn sie Professor Neuner tatsächlich verjagt hatte. Und so sagte sie leise „Bitte entschuldige Arndt, das hätte ich nicht sagen sollen. Aber ich möchte unseren Sohn vor diesem Mädchen schützen." Arndt schüttelte den Kopf „Margot er ist alt genug. Hast du kein Vertrauen in ihn? Meinst du er könnte nicht unterscheiden oder eine Frau ihn oder seine Position meint? Glaubst du das wirklich?"

Nun musste sich Margot setzen. „Gib mir bitte ein Glas Champagner ich fühle mich nicht gut." Arndt folgte ihrer Bitte und reichte ihr ein Glas. Er setzte sich neben sie und atmete tief durch. „Gib ihr eine Chance. Ich habe die Beiden heute zusammen erlebt, das ist was Ernstes. Sie verstehen sich wirklich gut. Weißt du, es gibt für einen Mediziner nichts Schöneres als wenn er seine Erlebnisse mit seiner Frau am Abend besprechen kann. Und die Beiden können gut miteinander sprechen. Heiko ist glücklich mit Petra und nur das zählt." Margot nahm einen großen Schluck Champagner und fragte „Wir haben selten über deine Arbeit zu Hause gesprochen, warst du deshalb unglücklich?" Arndt seufzte „Margot, nach dem Abendessen bin ich in mein Büro und habe mich mit Kollegen per E-Mail ausgetauscht. Du hattest keinerlei Interesse an meiner Arbeit und ich wollte mir nicht jeden Abend anhören wer in welches Haus einzieht und wie die Inneneinrichtung aussieht." Margot war ein bisschen gekränkt „Das wusste ich nicht. Wieso hast du nichts gesagt?" Arndt schüttelte den Kopf „Ich habe es immer wieder versucht aber du hast jedes Mal gesagt, dass dich das wirklich nicht interessiert. Erinnerst du dich?" Margot musste Arndt recht geben. „Das tut mir leid. Ich bin wohl nicht sehr einfühlend gewesen." Arndt lachte nun „Nein mein Schatz, das bist du nicht. Aber als ich mich damit abgefunden hatte nahm ich dich so wie du bist. Ich liebe dich." Margot stellte das Glas weg und legte sich in Arndts Arme. „Ich liebe dich auch." Arndt sprach weiter „Heute finde ich die Geschichten die du über die Häuser erzählst interessant und abendfüllend. Du bist eine gute Innenarchitektin und ich bin stolz auf dich. Diese Brunch-Sonntage finde ich auch immer spannend. Du kennst viele interessante Leute und wirst von vielen Menschen geschätzt. Aber heute hast du dich nicht von deiner besten Seite gezeigt." Margot fragte beschämt „Was machen wir jetzt?"

Arndt hatte da schon eine Idee. „Du musst dich bei Petra für dein Verhalten entschuldigen sonst steht das immer zwischen euch. Und bei Heiko musst du dich auch entschuldigen. Tut mir leid." Margot musste zugeben, dass Arndt mehr Menschenkenntnis hatte als sie und wenn er meinte, dass Petra gut für Heiko war, dann musste sie das akzeptieren. „Gut, ich werde mich bei Petra und Heiko entschuldigen. Ich hoffe nur du hast recht mit deinem Gefühl." Arndt nickte zufrieden „Tu es noch heute mein Schatz."

Petra und Heiko gingen nach dem Brunch noch am Neckar spazieren bevor sie es sich auf ihrer Terrasse gemütlich machten. Gerade als Heiko das Tablett mit dem Käse aus der Küche holen wollte klingelte es an der Tür. Er war ziemlich überrascht seine Mutter zu sehen und machte sich so breit, dass sie nicht zur Tür herein konnte.

„Hallo Heiko, bitte nicht böse sein aber dein Vater bestand darauf, dass ich mich heute noch bei Petra und dir entschuldige." Heiko war zwar noch nicht überzeugt ob es seine Mutter ernst meinte aber er ließ sie in die Wohnung. „Komm, wir sitzen draußen auf der Terrasse." Heiko ging voran um Petra vorzuwarnen. „Petra, wir haben Besuch- von meiner Mutter." Petra stand auf und ging auf Margot zu. „Hallo Frau Humbold." Margot fand Petra jetzt schon viel freundlicher. Und Petra machte es ihr auch leicht sich zu entschuldigen, sie kam ihr offen entgegen. Da war keine Ablehnung in ihren Augen. „Frau Klein, Heiko, ich möchte mich für mein Verhalten heute entschuldigen." Und als niemand etwas sagte wandte sie sich direkt an Petra „Geben Sie mir noch eine Chance?"

Petra antwortete lächelnd „Aber natürlich Frau Humbold, es ist sehr nett von Ihnen, dass Sie deswegen extra hier her gekommen sind. Bitte setzen Sie sich doch, wir wollten gerade eine Kleinigkeit essen." Margot wollte gleich wieder gehen aber Petra überzeugte sie. „Dann trinken Sie etwas mit uns und wir reden." Erst als Heiko seine Mutter in den Arm nahm und ihr einen Kuss auf die Wange gab war sie einverstanden. Jetzt fühlte sie sich willkommen. Heiko war nicht mehr böse auf sie und Petra auch nicht. Petra meinte „Ich verstehe Sie sehr gut Frau Humbold, für seine Kinder will man immer nur das Beste." Margot nickte „Ja, aber wer weiß schon was das Beste für sein Kind ist?"

Heiko war zufrieden, seine Mutter hatte verstanden. Erst als es wieder an der Tür klingelte wurde ihnen bewusst, dass Margot schon zwei Stunden da war. Es war Heikos Vater, der zu Hause unruhig auf seine Frau wartete und wissen wollte ob alles in Ordnung war. Heiko nahm noch einen Teller und Besteck mit und führte seinen Vater zu den beiden Frauen auf die Terrasse.

Es wurde ein wirklich schöner Abend und als sich Heikos Eltern um Mitternacht verabschiedeten nahm Margot Petra in den Arm und sagte „Herzlich Willkommen in der Familie Petra."

Als Margot am nächsten Morgen den Spruch ihres Tageskalenders las musste sie lächeln. Da stand:

Das Glück wohnt nicht im Besitze und nicht im Golde, das Glückgefühl ist in der Seele zu Hause

Demokrit

Ein Geschenk des Himmels...

Ruth kam wie jeden Tag voller Freude zum Kinderheim. Sie liebte alle „ihre Kinder" die hier lebten. Jedes war in ihren Augen etwas Besonderes. Heute war aber schon eine Unruhe auf ihrer Station. Deshalb fragte sie ihre Kollegin Doris was los ist. „Es wurde gerade ein zehn Monate altes Mädchen gebracht. Völlig verdreckt und unterernährt. Sie haben es heute Morgen aus der Wohnung der Mutter geholt. Unglaublich." Ruth war jetzt neugierig und ging gleich mit Doris mit. Sie wollte das Mädchen sehen. Sie lag mit weit aufgerissenen Augen in einer Tragetasche. Aber sonst gab sie keine Regung von sich. Ruth ging das Herz weit auf und sie sprach beruhigend auf das Mädchen ein. „Ja wen haben wir denn da? Ich habe gehört du bist gerade erst angekommen. Hast du Hunger oder Durst? Wir versuchen es erst einmal mit einem Fläschchen Milch und dann werden wir dich waschen." Ruth nahm Doris das Fläschchen aus der Hand und führte es zu dem kleinen Mündchen. Ja, das Kind hatte eindeutig Hunger. Das Fläschchen war bald leer und Ruth nahm das Mädchen behutsam aus der Tragetasche damit es ein Bäuerchen machen konnte. „Doris wie heißt denn unser Neuzugang?" Doris zog die Schulter hoch. „Sie hat anscheinend keinen Namen. Die Polizisten sagten, die Mutter hätte es einfach nur Mädchen genannt. Kannst du dir so etwas vorstellen?" Ruth war außer sich. „Wie kann man nur so mit einem Kind umgehen?" Nach dem Bäuerchen legte Ruth die Kleine auf den Wickeltisch und kleidete sie behutsam aus. Die Windel war am Po angetrocknet. Als sie diese vorsichtig entfernte kam der wunde Po zum Vorschein. Deshalb legte sie die Kleine in eine warme Badewanne. Die Dreckkrusten mussten sich auflösen sonst würde sie dem Kind beim waschen weh tun. Sie sprach dabei immer freundlich mit ihr. „So mein kleiner Engel jetzt werden wir den Dreck erst einmal auflösen und dann riechst du wieder wie ein Baby riechen soll. Du wirst sehen das fühlt sich richtig gut an. Vertrau mir."

Das Mädchen schaute sie immer nur an. Sie weinte nicht und sie lächelte nicht aber es schien ihr zu gefallen. Sie fühlte sich wohl denn sie entspannte sich. Ruths Herz ging fast über vor Mitgefühl für das arme Mädchen. Nach einer Stunde war die Kleine sauber, der Po versorgt und sie hatte frische Sachen an. Das Kind war erschöpft aber Ruth musste noch zu Dr. Huber, den Kinderarzt. Er untersuchte das Mädchen und meinte. „Körperlich scheint es gesund zu sein, aber geistig hat es Defizite. Ich weiß nicht ob es an dem Trauma liegt, das es erlebt hat, oder ob es geistig behindert ist. Wir müssen sie beobachten. Sie braucht auf jeden Fall viel Zuwendung."

Zurück auf Station legte Ruth die Kleine in ein frisches Bett. Sie schlief gleich ein. Jetzt konnte Ruth eine kurze Pause machen. Im Pausenraum traf sie Doris und Manuela. Sie unterhielten sich über den Neuzugang und natürlich auch über ihre anderen Schützlinge. „Ruth, schaust du später noch nach Lisa, sie hat schon nach dir gefragt." Ruth war so in Gedanken, dass Doris sie berühren musste. „Hast du gehört was ich sagte?" Als Ruth den Kopf schüttelte wiederholte Doris den Satz. Ruth antwortete „Natürlich besuche ich noch Lisa. Aber das Mädchen geht mir nicht aus dem Kopf. Es tut mir so leid. Hat nicht mal einen Namen. Dürfen wir ihr einen Namen geben?" Doris und Manuela nickten. „Sie ist jetzt in staatlicher Obhut und wir sind für sie zuständig. Also geben wir ihr einen Namen und teilen ihn dem Jugendamt mit." Doris und Manuela forderten Ruth auf sich einen Namen für das Mädchen zu überlegen. Im Gegensatz zu Doris und Manuela hatte Ruth keine eigenen Kinder. An ihrem 35sigsten Geburtstag hatte sie ihren Mann Bruno kennen gelernt. Sie heirateten ein Jahr später und Ruth versuchte schwanger zu werden. Aber es klappte nicht. Mittlerweile war sie 40zig und Bruno fühlte sich mit knapp 50zig zu alt für ein Baby und so blieben sie alleine.

Nachdem Ruth auch nach ihren anderen Schützlingen schaute ging sie wieder zu der Kleinen. Sie wechselte die Windeln, fütterte sie und sang ihr etwas vor. Das Mädchen schaute sie dabei aufmerksam an. Am Abend übergab sie den „Neuzugang" der Nachtschwester. Sie hoffte, dass das Kind eine gute Nacht haben wird. Ruth verabschiedete sich von dem Mädchen und ging nach Hause.

Beim Abendessen erzählte sie ihrem Mann von dem Kind. „Welcher Name würde dir gefallen Bruno?" Bruno dachte nach. „Wenn ich ein Mädchen hätte würde ich es Elisabeth nennen." Das gefiel Ruth aber nicht. „Elisabeth ist so altmodisch. Du müsstest sie sehen. Sie sieht eher aus wie eine Julia oder eine Constanze. Ja Constanze gefällt mir gut. Was meinst du?" Bruno gefiel Constanze auch. Er nahm regen Anteil an der Arbeit seiner Frau. Sie arbeitete in einem Kinderheim für vernachlässigte und Waisenkinder die vorrübergehend in dieser Einrichtung lebten oder von dort aus zu Pflegeeltern und in andere Einrichtungen vermittelt wurden. Sie ging ganz in ihrer Arbeit auf. Als ausgebildete Kinderkrankenschwester und Psychotherapeutin gab sie den Kindern alles was sie für ihren Lebensweg brauchten. Wichtig war ihr den Kindern wieder Vertrauen zu vermitteln und ihnen Zuwendung zu geben. Immer wieder hieß es aber Abschied nehmen von Kindern die älter wurden und dann in andere Einrichtungen oder Gruppen kamen. Die meisten hatten aber Eltern, die sie regelmäßig am Wochenende besuchten und wenn sich die häusliche Situation änderte auch wieder zu ihren Eltern zurück durften.

Bruno fand es schade, dass sie keine eigenen Kinder hatten, er war überzeugt, dass Ruth eine sehr gute Mutter wäre. Aber sie hatte tagsüber mit Kindern zu tun und er glaubte, dass sie deswegen nicht so traurig darüber war. Nach dem Abendessen rief Ruth noch einmal bei der Nachtschwester an und erkundigte sich über Constanzes Zustand. Das Kind sei ruhig und würde schlafen sagte die Nachtschwester und so ging Ruth auch zu Bett.

Am nächsten Morgen schrieb Ruth den Namen Constanze auf das Namensschild am Bett des Mädchens und teilte es den anderen mit. Den Namen fanden alle schön. Es würde sich schon an den Klang des Namens gewöhnen und erkennen, dass es selbst damit gemeint war. Sie fütterte Constanze, wusch sie und versuchte ihre Aufmerksamkeit zu bekommen. Wenn ein Kind lange ohne Zuwendung gelebt hat müssen die natürlichen Reaktionen erst wieder aktiviert werden. Sie sprach ununterbrochen mit Constanze. Sie erklärte ihr wenn sie sie wusch, dass man das Baden nennt. Sie zeigte auf das Licht, das sie ein und ausschaltete. Sie kitzelte ihre Fußsohlen um eine Reaktion von Constanze zu bekommen. Aber Constanze zog einfach nur ihr Beinchen zurück ohne das Gesicht zu verziehen. Sie schaute einfach mit ihren großen Augen was hier passierte.

Nachdem Constanze eingeschlafen war betreute sie die anderen Kinder. Es war von Anfang an klar, dass Ruth für Constanze zuständig war und sie fühlte sich für das kleine Mädchen verantwortlich. Als das Wochenende kam tauschte Ruth mit einer Kollegin um bei Constanze sein zu können. Sie wollte nicht, dass

Constanze nach einer Woche ihre Bezugsperson gleich wieder verliert. Zwei Tage können für ein Kind eine Ewigkeit sein und das Vertrauen eines Kindes verschwindet so schnell wie der Sand in einem Sieb.

Das Wochenende war sehr ruhig, denn viele Kinder bekamen von ihren Eltern Besuch und so konnte sich Ruth auf Constanze konzentrieren. Da hatte sie eine Idee. Sie rief Bruno an und fragte ob er nicht kommen wollte und mit ihr und Constanze spazieren gehen würde. Bruno war neugierig auf das Mädchen von dem er schon so viel gehört hatte. Ruth zog Constanze warm an und setzte sie in den Buggy. Sie wartete vor dem Haus auf ihn. Für Constanze war das sehr aufregend. Anscheinend war noch nie jemand mit ihr nach draußen gegangen. Sie staunte regelrecht. Ruth sah wie Constanze sich alles genau anschaute. Plötzlich zeigte sie auf etwas und man hörte einen Laut aus ihrem Mund. „Ddd" sagte sie und zeigte auf eine Katze. Constanze erklärte ihr, dass das eine Katze war und lockte diese zu sich. Ruth streichelte die Katze die daraufhin schnurrte. Constanze schaute zur Katze und dann zu Ruth, aber dann geschah ein Wunder. Sie versuchte die Katze zu streicheln. Ruth war begeistert von dieser Reaktion. Bruno sah die Szene von weitem und ging deshalb sehr langsam auf seine Frau zu. Auch er streichelte die Katze und bückte sich um Constanze zu begrüßen. „Hallo Constanze, ich bin Bruno, schön dich kennen zu lernen." Constanze sah ihn erstaunt an aber dann suchten ihre Augen die Katze. Ruth war ganz aufgeregt. „Hast du das gesehen? Sie hat auf die Katze reagiert und sie gestreichelt. Sie taut langsam auf. Ach Bruno ich freue mich so für Constanze." Bruno nahm seine Frau in den Arm und dann gingen sie gemeinsam spazieren.

Am Abend kam eine neue Nachtschwester und Ruth bemerkte, dass Constanze unruhig wurde. Als Ruth sich verabschiedete und zur Tür hinaus wollte kam ein „Ddd" von Constanze. Ruth drehte sich um und sah wie Constanze ihre Ärmchen nach ihr austreckte. Was sollte sie jetzt tun? Sie konnte doch nicht gehen. Also ging sie zurück, holte Constanze aus dem Bett und wiegte sie in den Schlaf. Kurz nach 22°° Uhr war Constanze eingeschlafen und Ruth ging nach Hause.

Morgens um drei Uhr wurden Ruth und Bruno vom Telefon geweckt. Es war die Nachtschwester. „Ruth Sie müssen gleich kommen, Constanze ist aufgewacht und hört nicht mehr auf zu schreien!" Ruth war noch verschlafen, deshalb konnte sie nicht glauben was die Nachtschwester sagte. „Sie schreit? Richtig laut?" Die Nachtschwester bestätigte es und Ruth zog sich in aller Eile an. Bruno fuhr mit und so kamen sie 15 Minuten später im Kinderheim an. Ruth hörte Constanze schon im Flur und obwohl sie sich so erschrocken hatte, freute sie sich auch über die Reaktion von Constanze. Als sie ins Zimmer kam und das wimmernde Kind sah ging ihr Herz über vor Sorge. „Hallo mein Schatz, was ist denn los. Ich bin doch da." Sie nahm das Mädchen aus dem Bett und wiegte es hin und her. Langsam beruhigte sich Constanze. Ruth schaute Bruno an. „Ich fürchte sie schläft nicht mehr ein weil sie Angst hat, dass ich wieder gehe. Was machen wir jetzt?" Bruno schaute von der Nachtschwester zu Ruth und sagte dann. „Wir nehmen sie einfach mit zu uns." Ruth überlegte ob sie damit nicht ihre Kompetenz überschreitet. Aber was wäre die Alternative? „So machen wir das. Bitte Schwester Klare notieren Sie, dass Constanze wegen großer Unruhe bei uns übernachtet. Bruno wir nehmen das hintere Bettchen dort mit, das ist ein Reisebett und kann zusammengefaltet werden."

Nach einer Stunde lagen alle drei wieder in den Betten. Constanze war in dem Reisebett im Schlafzimmer von Ruth und Bruno eingeschlafen. Glücklicherweise war Sonntag und so bekamen sie noch genügend Schlaf. Constanze schlief bis 10:00 Uhr durch. Ruth dachte, dass das arme Ding wohl so erschöpft war vom Schreien.

Beim Frühstück fragte Bruno wie es wohl weitergehen würde mit Constanze. Ruth könne nicht jede Nacht geweckt werden wenn Constanze aufwacht. Ruth war ihre Bezugsperson und das nahm Constanze wörtlich. Ruth wusste auch nicht was sie machen sollte. Bruno kam auf eine Idee. „Wieso kann sie nicht einfach hier bei uns schlafen? Du nimmst sie morgens mit ins Kinderheim und abends kommt ihr wieder." Ruth war skeptisch. „Ich weiß nicht ob das erlaubt ist. Das war heute Nacht ein Notfall aber ob Constanze bei uns wohnen darf muss ich erst mit dem Jugendamt und meinem Chef besprechen. Bruno, wärst du denn damit einverstanden? Ich meine, wir können Constanze nicht wieder weg geben." Bruno meinte „Welche Chance hätte Constanze sonst noch? Was würde passieren wenn du abends einfach gehst und sie nachts schreit. Das ist doch unmenschlich." Ruth fühlte genauso. Es würde ihr das Herz brechen wenn sie wüsste, dass Constanze abends ein Schlafmittel bekäme, damit Ruth nach Hause gehen konnte. Das wäre nämlich die Alternative. Außer sie käme sofort in eine Pflegefamilie. Aber Pflegefamilien die ein geistig behindertes Kind aufnehmen gab es wenige.

Der Sonntag mit Constanze verlief so ruhig und friedlich, dass Bruno abends noch einmal mit seiner Frau über die Aufnahme von Constanze diskutierte. „Ich sehe doch wie sehr du Constanze schon ins Herz geschlossen hast und Constanze ist ganz auf dich fixiert. Vielleicht bist du der erste Mensch der einfach mal freundlich zu ihr ist." Ruth war der gleichen Meinung. Aber wenn sie Constanze bei sich aufnahmen, konnte sie nicht mehr so viel arbeiten wie vorher. Bruno verstand „Ruth, ich verdiene genug für uns beide, wenn du Constanze aufnehmen möchtest, dann stehe ich hinter dir." Ruth überlegte „Wir müssen uns offiziell beim Jugendamt als Pflegeeltern melden. Ich spreche am Montagmorgen gleich mit meinem Chef und melde mich beim Jugendamt." Sie brachte Constanze ins Bett und setzte sich wieder zu Bruno. „Ich danke dir für deinen Rückhalt aber im Moment habe ich auch ein bisschen Angst." Ihr Mann schaute erstaunt. „Was macht dir Angst?" Ruth kuschelte sich an ihren Mann. „Nun, wenn wir Constanze als Pflegekind bekommen ändert sich unser Leben komplett. Ich kann wahrscheinlich nicht mehr arbeiten gehen. Die Arbeit war mir immer wichtig und wird mir fehlen. Hoffentlich tun wir das Richtige." Bruno beruhigte sie. „Das verstehe ich, aber es ist auch eine Chance für uns doch noch ein Kind zu bekommen. Der Gedanke Constanze im Hause zu haben gefällt mir. Wirklich!" Ruht lächelte „Ja es ist schön, dass da drüben im Schlafzimmer ein Kind schläft. Und um ehrlich zu sein würde es mir das Herz brechen wenn ich nur daran denke, dass Constanze zu Pflegeeltern käme. Wenn ich sie nicht mehr berühren dürfte. Es ist komisch. Schon beim ersten Augenblick als mich Constanze mit ihren großen Augen ansah fühlte ich eine besondere Verbindung zwischen uns." Bruno wollte noch wissen welche Chance bestand, dass die leiblichen Eltern das Kind wieder zurückwollten? Ruth machte sich auch darüber Sorgen. „Auch das werde ich beim Jugendamt in Erfahrung bringen. Wir müssen uns bis Morgen gedulden." Sie gingen früh zu Bett. Der Tagesablauf mit Kind war doch anders als sonst. Sie waren müde aber auch glücklich.

Nach einer ruhigen Nacht kamen Ruth und Constanze gut gelaunt ins Kinderheim. Sie gingen direkt zu Dr. Freitag, dem Chef des Kinderheims. Ruth erzählte ihm von dem nächtlichen Anruf der Krankenschwester und dem Wochenende. Sie erklärte ihm, dass sie Constanze als Pflegekind aufnehmen wollten. Dr. Freitag war nicht so begeistert aber er verstand es. „Ruth ich möchte Sie ungern verlieren, aber Sie wissen selbst, dass sie mit einem kleinen Kind und wenn Dr. Huber recht hat, einem vielleicht geistig behinderten Kind so viel zu tun haben, dass Sie nicht mehr arbeiten gehen können. Wollen Sie das wirklich?" Ruth schaute Constanze an und sagte laut „Ja das will ich wirklich. Ich könnte keine Nacht mehr schlafen wenn ich wüsste sie liegt hier nachts und hat Angst. Würden Sie mit dem Jugendamt reden und ein gutes Wort für mich einlegen?" Dr. Freitag rief sofort dort an und bestätigte, dass für Constanze eine Pflegefamilie gefunden wurde. Darüber hinaus erkundigte er sich über die leiblichen Eltern. In der Zwischenzeit erzählte Ruth ihren Kolleginnen was sie vorhatte. Sie waren traurig, denn Ruth mit ihrer kompetenten und freundlichen Art würde ihnen fehlen. Als sie wieder bei Dr. Freitag war musste sie eine Menge Formulare ausfüllen. Diese faxte Dr. Freitag gleich dem Jugendamt zu und erhielt umgehend die Genehmigung für die Unterbringung bei Ruth und Bruno.

Dann war noch die Frage ihrer Arbeit. „Ruth wir kennen uns schon sehr lange. Ich kann ihren Beweggrund gut verstehen aber Sie müssen mir noch eine fristgerechte Kündigung einreichen. Laut Personalakte haben Sie noch einige Überstunden und Urlaubstage. Das heißt, Sie können schon ab heute zu Hause bleiben. Es tut mir sehr leid, aber ich glaube Sie sind jetzt Vollzeitmutter." Ruth musste schwer schlucken. Sie hatte die Hoffnung gehabt doch noch stundenweise arbeiten zu dürfen. Aber Dr. Freitag hatte recht, sie musste sich ganz um Constanze kümmern.

Dr. Freitag hatte noch etwas von den Eltern erfahren. „Ruth, Constanzes leiblichen Eltern sind nicht verheiratet. Beide sind drogenabhängig, das war wohl auch der Grund der Verwahrlosung des Kindes. Im Moment macht die Mutter aber einen Entzug. Es könnte also sein, dass sie nach dem Entzug das Kind wieder bekommt. Ich möchte sie nur daran erinnern, dass diese Situation eintreten könnte. Bitte versuchen sie sich damit ehrlich auseinander zu setzen. Dies ist keine Adoption! Sie sind nur Pflegeeltern!" Ruth wurde bei den Worten das Herz schwer. Aber nun gab es kein Zurück. Der Abschied von ihren Kolleginnen und den Kindern fiel ihr schwer. Sie weinten alle ein bisschen aber Ruth musste nur in Constanzes Augen schauen um zu wissen, dass ihre Entscheidung richtig war. Für sie begann das Abenteuer Constanze.

Abends kam Bruno mit einem kleinen, kuscheligen Eisbären nach Hause. „Ich dachte der könnte Constanze gefallen." Ruth lachte und forderte ihren Mann auf ihn ihr zu geben. Constanze schaute Bruno und den Eisbären mit ihren großen Augen lange an. Aber dann als Bruno schon aufgeben wollte streckte sie ihre Ärmchen aus und nahm den Eisbären. Bruno freute sich und rief nach seiner Frau. „Ruth, schau mal, sie hat den Eisbären genommen." Ruth ging zu Constanze und sagte ihr, dass der Eisbär wunderschön ist und ihr neuer Freund sei. Constanze sagte daraufhin „Dddddd" und Ruth war glücklich. Als Constanze im Bett war erzählte Ruth was sie von Constanzes leiblichen Eltern erfahren hatte. Bruno wollte wissen „Heißt das, dass die Mutter nach dem Entzug das Kind wieder bekommt? Obwohl sie es so vernachlässigt hat?" Ruth nickte. Die Vorstellung, dass Constanze zu ihrer Mutter zurück muss tat ihr weh. Aber so waren nun mal die Gesetze. Zum Wohle des Kindes. Bruno war erschüttert. „Wenn dieser Fall eintreffen sollte hoffe ich, dass das Jugendamt genau beobachtet wie es Constanze bei der Mutter geht." Sie hielten sich an den Händen und hofften, dass diese Situation nicht eintreffen würde.

Dr. Freitag hatte recht, sich um Constanze zu kümmern war ein Vollzeitjob. Aber das machte Ruth gerne. Jeden Tag lernte Constanze etwas Neues. Sie fing endlich an ihre Umgebung zu erkunden und krabbelte einfach los. Jetzt traute sie sich Dinge anzufassen, die sie nicht kannte. Natürlich nahm sie den Teppich in den Mund oder die Fernbedienung. Aber Ruth war geduldig und nahm ihr die Sachen immer behutsam aus dem Mund um ihr zu erklären, dass ein Schnuller oder die Trinkflasche besser seien. Bruno freute sich jeden Abend auf zu Hause. Seit Constanze da war, waren sie eine richtige Familie geworden und er war stolz wie Oskar. Auch wenn Kollegen von ihm nicht verstehen konnten, wie sie ein behindertes Kind aufnehmen konnten. Und das fast über Nacht. Sie fragten ihn ob er und Ruth sich das wirklich gut überlegt hatten? Er sagte dann immer „Wenn ihr gesehen hättet wie sie einen anschaut, hättet ihr sie auch nicht im Kinderheim lassen können."

Ruth war über Constanze immer wieder erstaunt. Sie war zwar nicht auf dem Stand eines gleichaltrigen Kindes aber sie holte auf. Manchmal war sie sich sicher, dass Constanze nicht geistig behindert war sondern nur vernachlässigt. Ruth las Constanze Bücher vor und spielte mit ihr. Sie gingen auf den Spielplatz und in eine Krabbelgruppe. Constanze beobachtete alles ganz genau als ob sie dies zum ersten Mal sah. Und so war es ja auch. Für Constanze war alles neu. Ruth war eindeutig ihre Bezugsperson und sie wollte immer in ihrer Nähe sein. Wenn Ruth in den Keller ging um etwas zu holen schrie Constanze sofort „Ddddd" und zeigte auf die Kellertür. Bruno beruhigte sie dann und sang ihr etwas vor. Wenn Ruth dann wieder kam war sie sofort zufrieden. Es war anstrengend für Ruth und Bruno aber sie hatten Constanze in ihr Herz geschlossen.

Es geschah an einem Sonntag. Constanze schlief noch als Ruth und Bruno aufstanden. Aber als Ruth nach einer halben Stunde an ihr Bettchen kam, schlug Constanze die Augen auf. Als sie Ruth sah lächelte sie das erste Mal. Ruth nahm sie heraus und ging zu ihrem Mann. „Bruno, Bruno sie hat mich angelächelt. Sie hat mich tatsächlich angelächelt." Bruno schaute Constanze an und als er mit ihr sprach lächelte sie nochmal. Am liebsten hätten sie einen Freudetanz aufgeführt, aber sie ließen es sein um Constanze nicht zu erschrecken. Das war ja fast ein Wunder.

Ruth bemerkte in den folgenden Monaten immer wieder neue Reaktionen an Constanze. Ruth sprach und sang viel mit ihr. Dann eines Morgens sagte Constanze mit Blick auf Ruth „Mama". Ruth war überglücklich. Ihr kleines Mädchen lernte sprechen. Abends besprach Ruth mit Bruno, dass sie Constanze von einem befreundeten Kinderarzt untersuchen lassen wollte. Bruno wollte wissen ob es etwas Neues vom Jugendamt gab. Immerhin war Constanze nun schon seit sechs Monaten bei ihnen. Ruth wollte vor der Untersuchung sowieso beim Jugendamt vorsprechen. Sie wollte Constanze adoptieren. „Bruno, kannst du dir vorstellen Constanze zu adoptieren?" Bruno lächelte über das ganze Gesicht. „Ich dachte schon du fragst nie. Hoffentlich ist das überhaupt möglich. Wir können doch unser Mädchen nicht mehr hergeben." Ruth war sich zwar sicher, dass Bruno so reagieren würde, aber als er es jetzt so sagte war sie ihrem Mann sehr dankbar.

Ruth sprach gleich am nächsten Tag mit dem Jugendamt. Der Beamte versprach sich über den Zustand von Constanzes Mutter zu erkundigen und ob eine Adoption möglich sei. Dann ging sie mit Constanze zum Kinderarzt. Sie erklärte ihm ohne Umschweife was der Arzt nach der ersten Untersuchung vor sechs Monaten sagte. Kinderarzt Dr. Müller nahm sich extra viel Zeit um Constanze genau zu untersuchen. Nach einer halben Stunde war er der gleichen Meinung wie Ruth. „Ich kann zwar eine geistige Behinderung nicht ganz ausschließen aber im Moment macht sie mir den Eindruck eines ganz normalen Mädchens. Sie hat sicher Defizite, so wie du mir das beschrieben hast aber wenn sie weiter so neugierig ist, kann sie diese aufholen. Dass Constanze nach allem was du mir erzählt hast so aufgeschlossen ist wundert mich wirklich. Du beschäftigst dich viel mit ihr?" Ruth nickte „Ich habe aufgehört zu arbeiten um ganz für sie da zu sein. Am Anfang war sie nur auf mich fixiert aber mittlerweile darf auch Bruno sie hochheben, füttern und die Windeln wechseln."

Dr. Müller war sich sicher, dass sein Kollege mit seiner ersten Vermutung richtig lag. Das Kind hatte ein Trauma erlebt. „In unserem Fall denke ich, dass es grobe Vernachlässigung war." Ruth war der gleichen Meinung. Sie war froh, dass Constanze scheinbar eine echte Chance im Leben hatte.

Zu Hause angekommen informierte sie Bruno über die Untersuchungsergebnisse. Auch er war schon lange der Meinung, dass

Constanze nicht geistig behindert war. Es gab Studien die besagten, dass Kinder mit denen nicht gesprochen wird und die keine Nähe und Freundlichkeit erfahren, sich nicht gesund entwickeln können. Das holten sie jetzt alles nach.

Ruth rief immer wieder beim Jugendamt an und nahm alle Besprechungstermine wahr. Einmal musste sie die Lebensläufe und Zeugnisse von ihr und Bruno vorbeibringen, dann sollte sie sich einem Eignungstest unterziehen und ein anderes Mal wollte man wissen wieso sie keine eigenen Kinder hatte. Ruth lies alles geduldig über sich ergehen. Erst als sie ein Empfehlungsschreiben ihres Chefs vorbei brachte, in der er bestätigte, dass Ruth der Aufgabe gewachsen war, kam Bewegung in die Sache.

Nach zwei Monaten rief das Jugendamt an um mitzuteilen, dass Constanzes Mutter der Adoption zustimmte. Als Ruth und Bruno die Unterschrift unter die Adoptionsurkunde setzten waren sie glücklich. Der Beamte erzählte ihnen, dass die Eltern von Constanze den Entzug abgebrochen hatten. Nachdem sie vom Jugendamt erfuhren, dass ihre Tochter geistig behindert sei wollten sie keinen Kontakt mehr haben und waren gleich bereit das Kind zur Adoption frei zu geben. Ruth war froh, dass der Vermerk der geistigen Behinderung noch in den Unterlagen stand. Sie überlegte einen Moment ob sie erwähnen sollte, dass Constanze wohl doch nicht geistig behindert ist. Aber dann ließ sie es. Sie hoffte, dass sie und Bruno die richtige Entscheidung für Constanze getroffen hatten.

Als Brunos Mutter mit Constanze auf dem Arm die Tür öffnete sagte Bruno feierlich „Jetzt sind wir eine richtige Familie mit Brief und Siegel." Sie nahmen Constanze in ihre Mitte und küssten sie. Auch Brunos Mutter hatte Constanze in ihr Herz geschlossen und sie genoss es mit ihrer Enkelin zu spielen. Constanze wurde jeden Tag aufgeschlossener und lernte immer besser zu sprechen und die Umwelt neugierig zu erkunden. Sie entwickelte sich prächtig.

Zwei Monate nach ihrem dritten Geburtstag kam sie in den Kindergarten. Mittlerweile konnte sich niemand mehr vorstellen, dass bei Constanze eine geistige Behinderung vermutet wurde. Ruth und Bruno waren stolz auf ihre Tochter und förderten und forderten sie wo sie nur konnten. Constanze war ein hübsches, fröhliches Kind geworden. Ruth führte Constanze behutsam an das Thema Adoption heran und erklärte ihrem Kind, dass sie nicht aus Ruths Bauch kam. Sie erzählte ihr, dass ihre leibliche Mutter schwer krank war und sich nicht um Constanze kümmern konnte. Deshalb kam sie zu Ruth und Bruno um ihnen Constanze zu schenken. Und weil Ruth und Bruno keine Kinder bekommen konnten, war das das schönste Geschenk ihres Lebens. Das konnte Constanze akzeptieren.

Kurz vor Constanzes Einschulung wollte das Jugendamt ein Gespräch mit Ruth und Bruno. Sie waren aufgeregt weil sie nicht wussten was sie dort erwartete. Eine Beamtin teilte ihnen mit, dass Constanzes Mutter an einer Überdosis Heroin gestorben war. Der Vater war als vermisst gemeldet. Ruth und Bruno waren darüber traurig. Aber sie waren auch erleichtert, denn sie hatten befürchtet, dass die Eltern Constanze zurück haben wollten. Nun konnten sie ihr Kind in aller Ruhe erwachsen werden lassen.

Nach Constanzes Einschulung arbeitete Ruth wieder halbtags und die Kolleginnen waren erstaunt über die Fortschritte die Constanze machte. Doris meinte sogar „Warte mal ab, vielleicht macht sie eines Tages noch ihr Abitur." Ruth war dankbar für ihr Kind und den Zuspruch den sie von den Kolleginnen und auch von ihrem Chef bekam.

Ruth holte Constanze wie jeden Tag von der Schule ab. Als sie Constanze sah erschrak sie zutiefst. Ihr Mädchen kam ihr heulend entgegen. „Hallo mein Schatz was ist denn passiert? Bist du gestürzt oder hat dich jemand geärgert?" Constanze war ganz aufgelöst. „Der Daniel hat gesagt ich wäre ein Findelkind. Und irgendwann kommen die richtigen Eltern und holen mich wieder ab. Mama stimmt das? Muss ich dann irgendwann zu den anderen Eltern gehen? Muss ich von euch weg?" Ruth nahm Constanze erst einmal in den Arm und beruhigte sie. „Nein das wird ganz sicher nicht passieren. Ich habe dir doch erzählt, dass dich eine andere Frau geboren hat. Aber sie war sehr krank und konnte nicht auf dieser Erde bleiben, sie musste zu Gott zurück weil er sie dringend brauchte. Und weil wir keine Kinder bekommen konnten hat sie uns dich geschenkt. Das habe ich dir doch schon erzählt." Nun war Constanze beruhigt. Aber sie wollte noch etwas wissen „Was ist ein Findelkind?" Ruth nahm sich vor mit Daniels Mutter zu sprechen. „Ein Findelkind ist ein Kind das vor einem Haus abgelegt wird und niemand seine Mutter kennt. Aber wir wissen wer deine Mutter war. Sie wohnt jetzt im Himmel." Mit klopfendem Herzen ging Ruth mit Constanze nach Hause. Sie musste auf dem Jugendamt die Unterlagen zu Constanzes Eltern anfordern. Wenn sie alt genug wäre würde sie ihr diese dann geben wollen. Die ganze Wahrheit würde sie ihr aber nie erzählen.

Auf dem Jugendamt hatten sie tatsächlich noch eine Neuigkeit. Auch der Vater von Constanze war mittlerweile verstorben und so konnte das Jugendamt alle Papiere kopieren und Ruth übergeben. Sie las die Papiere in Ruhe durch und war zufrieden, denn es stand nichts über ihre nächtliche Befreiung darin. Aber das Datum und die Unterbringung im Kinderheim waren vermerkt. Und, dass vermutet wurde sie wäre geistig behindert. Nur in einem Satz wurde vermerkt, dass beide Eltern an einer Überdosis Heroin gestorben waren und Constanze nach der Unterbringung im Kinderheim von Ruth und Bruno adoptiert wurden. Das ist eine Vergangenheit die zwar traurig war aber mit der ein Mensch leben konnte. Bruno und sie waren sich schon immer einig, dass sie Constanze nie etwas über ihren wahren Zustand damals im Kinderheim erzählen würden. Natürlich hofften sie, dass die ersten Monate in Constanzes Erinnerung nicht so schwer wiegen würde wie die vielen schönen Jahre danach. Als Psychologische Therapeutin wusste sie aber, dass in schwierigen Momenten im Leben solche traumatische Ereignisse wieder aufbrechen konnten und deshalb war Ruth immer hellhörig wenn Constanze etwas aus der Kindheit wissen wollte. Leider wurden in den Unterlagen keine Babybilder gefunden. Auf dem ersten Bild das es von Constanze gab war sie schon 10 Monate alt.

Nach diesem Vorfall in der Grundschule war Constanze gewappnet wenn wieder einer wissen wollte warum sie adoptiert wurde. Sie erzählte dann immer, dass sie ein Geschenk ist und ihre Mutter im Himmel gebraucht wurde. Dann wechselte Constanze auf das Gymnasium und wurde eine sehr gute Schülerin. Ihr fiel das Lernen leicht und sie hatte Spaß in der Schule. Constanze hatte viele Freundinnen und war ein Wirbelwind. Ruth und Bruno haben die Adoption nie bereut, denn Constanze machte ihnen nur Freude. Manchmal dachte Ruth, dass Constanzes Unterbewusstsein intuitiv spürte, dass sie als Baby eine zweite Chance bekam und deshalb so wissbegierig und dankbar war.

Ruth, Bruno und die Verwandten saßen ganz vorne in der großen Sporthalle. Wo war die Zeit geblieben. Gerade war Constanze noch in der 8. Klasse und heute war sie Abiturientin. Die Abiturfeier war in der Sporthalle weil die Abiturienten eine Show vorführen wollten. Gleich nach der Zeugnisübergabe ging es los. Constanze hatte das beste Zeugnis und bekam eine Auszeichnung. Ruth konnte vor Freude nur noch weinen. Bruno lächelte sein Mädchen an und war stolz auf sie. Nach der Feier gingen sie mit Constanze noch zu ihrem Lieblingsitaliener. Beim Mittagessen war die Stimmung ausgelassen und Bruno hielt eine schöne Rede. Da Constanzes 18. Geburtstag zwei Tage vor der Abiturfeier war, hatten sie sich vorgenommen ihr an diesem Abend den Umschlag vom Jugendamt zu geben. Sie war jetzt erwachsen und hatte die Reifeprüfung bestanden. Nun musste sie auch die Wahrheit erfahren, nicht die ganze aber den größten Teil.

Am Abend als Constanze mit ihren Eltern im Wohnzimmer saß und alte Schulbilder ansahen stand Ruth auf und holte den Umschlag. „Constanze, hier sind die Unterlagen deiner Eltern. Darauf hattest du schon lange gewartet. Nicht wahr?" Constanze nickte. Sie nahm zaghaft den Umschlag. Schaute zuerst Ruth und dann Bruno an bevor sie den Umschlag öffnete. Ihre Hände zitterten. Sie wollte schon lange mehr über ihre leiblichen Eltern wissen aber Ruth und Bruno meinten das hätte noch Zeit. Constanze wusste zwar schon früh, dass sie adoptiert war und ihre leiblichen Eltern nicht mehr lebten. Aber sie wollte trotzdem die Unterlagen selbst lesen. Zuerst hielt sie ein Dokument über ihre Mutter in der Hand. Sie erfuhr wo ihre leibliche Mutter geboren wurde und wie und wo sie starb. Auch lag ein Bild dabei. Glücklicherweise sah sie auf dem Bild nicht wie eine Drogenabhängige aus. „Meine Mutter ist an einer Überdosis Heroin gestorben? Sie war also drogenabhängig! Ich dachte sie war krank?" Ruth und Bruno tauschten Blicke aus. „Drogenabhängig zu sein ist eine schlimme Krankheit. Eine sehr schlimme sogar. Wir wollten über deine leiblichen Eltern nicht urteilen. Sie waren jung und wer weiß was sie in ihren jungen Jahren erlebt haben. Tut mir leid mein Schatz, wir wollten dich einfach beschützen." Constanze nickte. Die Augen ihrer Mutter hatten einen leeren Blick und ihr Gesichtsausdruck war nicht freundlich. „Ist sie gestorben bevor ich adoptiert wurde oder danach?" Ruth antwortete „Sie hat dich zur Adoption freigegeben weil sie sich durch die Drogen nicht um dich kümmern konnte. Das Jugendamt hat auch nicht zugelassen, dass du bei ihr hättest bleiben können. Unter Drogen weiß man nicht was man tut und das war dem Jugendamt und deiner Mutter zu gefährlich. Ich bin mir sicher, dass sie wollte, dass du gesund und glücklich aufwächst. Sie hat den Entzug leider nicht geschafft und ist zwei Jahre nach deiner Adoption gestorben."

Constanze war komisch zu Mute. „Und mein Vater? Hier steht, dass er vermisst war und dann auch an einer Überdosis gestorben ist. Haben sie vor meiner Geburt schon Heroin genommen oder erst danach?" Ruth antwortete „Sie waren schon lange abhängig. Aber da du ganz gesund bist, muss deine Mutter während der Schwangerschaft auf harte Drogen verzichtet haben. Sie hat es also gut mit dir gemeint. Vielleicht warst du ein Wunschkind." Constanze nickte. Sie wusste schon immer, dass ihre leiblichen Eltern tot waren aber wie sie gestorben waren wusste sie nicht. Ihr war plötzlich klar welches Glück sie hatte. Constanze lächelte ihre Eltern an. „Mama, Papa danke, dass ihr mich adoptiert habt. Wer weiß was aus mir geworden wäre wenn sie mich nicht zur Adoption freigegeben hätten."

Ruth dachte an das Bündel Mensch das ihr damals gebracht wurde. Constanze hatte aber noch Fragen „Wisst ihr wo sie beerdigt sind und ob es Verwandte gibt?" Ruth hatte auch diese Frage erwartet und antwortete „Sie haben beide eine anonyme Beerdigung bekommen. Über Verwandte steht nichts in den Unterlagen. Wir haben damals nach Verwandten gesucht. Aber auch das Jugendamt konnte uns keine Namen nennen. Es tut uns wirklich sehr leid." Constanze nickte langsam. Ruth war das Herz schwer geworden, sie konnte fühlen wie Constanze trauerte. Deshalb nahm sie sie einfach in den Arm und Constanze weinte sich erst einmal aus. „Ich bin so froh, dass ihr meine Eltern seid. Aber ich bin traurig, dass ich nicht meine Wurzeln finden werde. Versteht ihr das?" Ruth und Bruno verstanden sehr gut.

Dann klingelte es an der Tür. Es war Janis, Constanzes Freund. Er wollte noch kurz vorbeikommen weil Constanze erzählt hatte, dass sie heute den Umschlag ihrer Adoption bekommen würde. Als er sie sah nahm er sie einfach in den Arm. Zusammen gingen sie in Constanzes Appartement im Untergeschoß. Den Umschlag ließ sie auf dem Tisch liegen. Bruno tröstete Ruth, denn man sah ihr ihre Traurigkeit an. „Ach Bruno, ich hätte ihr so gerne weiter von ihrer lieben Mutter erzählt die uns das größte Geschenk gemacht hat und dann wieder als Engel zu Gott zurück musste." Bruno nickte. „Ruth, sie ist das schönste Geschenk das wir je bekommen haben. Constanzes Mutter war vielleicht ein gefallener Engel aber für uns war sie ein Engel."

Constanze studierte später Psychologie. Vielleicht auch weil sie verstehen wollte wie man Drogenabhängig werden kann. Sie arbeitet heute in einem Kinderheim und engagiert sich ehrenamtlich in der Drogenberatung. Janis und sie haben geheiratet und zwei Kinder bekommen. Ruth und Bruno kümmern sich gerne um ihre Enkelkinder.

Und immer wenn eine Sternschnuppe vom Himmel fällt halten Ruth und Bruno sich an den Händen und denken an Constanzes Mutter. Sie werden ihr immer dankbar sein.

Nicht die Vollkommenen, sondern die Unvollkommenen brauchen unsere Liebe.

Oscar Wilde

Zeitfracht Medien GmbH
Ferdinand-Jühlke-Straße 7
99095 Erfurt, Deutschland
produktsicherheit@kolibri360.de